KB114223

鵬붕정대연가

붕정대연가(鵬程大戀歌) 11

임영기 新무협 판타지 소설

초판 1쇄 찍은 날 § 2021년 10월 28일
초판 1쇄 펴낸 날 § 2021년 11월 4일

지은이 § 임영기
펴낸이 § 서경석

총괄팀장 § 노종아
편집책임 § 김우진
디자인 § 스튜디오 이너스

펴낸곳 § 도서출판 청어람
등록번호 § 제387-1999-000006호
등록일자 § 1999. 5. 31
어람번호 § 제2-2891호

주소 § 경기도 부천시 부일로 483번길 40 서경B/D 3F (우) 14640
전화 § 032-656-4452 팩스 § 032-656-4453
http://www.chungeoram.com
E-mail § chungeorambook@daum.net

ISBN 979-11-04-92393-7 04810
ISBN 979-11-04-92299-2 (세트)

도서출판 청어람
11
임영기 新 무협 판타지 소설
Cover illust A4
북정대연가
FANTASTIC ORIENTAL HEROES

붕정대연가

목차

第百九章

좌호법 군중호 I

실내의 탁자에 진검룡과 정천영, 천추태후가 앉아서 대화를 나누고 있다.

"각주의 방명을 알고 싶소."

진검룡이 불쑥 묻자 천추태후는 부끄러움에 살짝 눈을 내리깔고 속삭이듯이 대답했다.

"당하선(唐霞善)이에요."

진검룡은 빙그레 미소 지었다.

"당 낭자였구려."

천추태후 당하선은 수줍게 미소 지으며 진검룡을 살짝 보더니 고개를 숙이면서 말했다.

"이름을 부르세요."

이런 경우에는 대부분 어떻게 그럴 수 있느냐면서 사양을 하는 것이 예의인데 진검룡은 넙죽 받아들였다.

"그러겠소, 하선."

"아……."

상황이 이상하게 진전되고 있지만 정천영은 오히려 잘됐다는 듯 엷은 미소를 지었다.

원래 당하선은 사업에는 천재적인 수완을 갖고 있지만 이성에는 전혀 관심이 없었는데 이렇게까지 진검룡에게 능동적으로 대하는 것이 정천영으로서는 신기하면서도 반가웠다.

당하선이 진검룡에게 조심스럽게 물었다.

"그가 오면 제가 어떻게 하면 되나요?"

정천영은 빙그레 웃었다.

"선 매, 그건 나한테 물어야지."

"아… 그런가요?"

정천영은 진검룡과 당하선의 사이가 좋은 것 같아서 다행이라고 생각하면서 턱으로 진검룡을 가리켰다.

"선 매는 그냥 가만히 있으면 돼. 저 친구가 알아서 처리할 거야."

천추각 좌호법은 정천영보다 두어 수 위의 고수라서 그 혼자라면 제압하는 일이 결코 쉽지 않다.

하지만 정천영이 보기에 진검룡은 좌호법보다 두어 수 위의 고수인 것 같으니 어렵지 않게 제압할 수 있을 것이다.

좌호법을 기다리는 동안 진검룡은 궁금하게 여기던 것을 당하선에게 물었다.

"하선, 소문으로는 천추각주가 남자이며 부인이 다섯 명이라고 하던데 그건 어떻게 된 것이오?"

"아… 그것은……."

정천영이 웃으며 말했다.

"내가 일부러 흘린 소문일세."

"그건 왜 그렇소?"

"그래야 세상 사람들이 천추각주를 가볍게 여기지 않을 것 아닌가? 다른 의도는 없네."

"그럼 다섯 부인은 무엇이오?"

당하선이 수줍은 듯 말했다.

"소녀의 자매가 다섯 명 오자매예요."

"아… 그렇소?"

당하선은 또 수줍게 얼굴을 붉혔다.

"소녀가 첫째예요."

"그럼 동생이 네 명이로군."

진검룡은 그저 의미 없이 고개를 끄떡였다.

"그 아이들을 소개해 드릴게요."

"아… 그럽시다."

그때 문이 열리고 한 사람이 들어왔다.

"각주."

들어온 인물은 황의장삼에 짧은 수염을 기른 사십 대 중반의 단정하고 중후한 인상의 장한이다.

좌호법 군중호다. 그는 당하선에게 정중하게 포권을 하고는 정천영에게 가볍게 고개를 끄떡였다.

"정 형도 계셨구려."

좌호법 군중호와 정천영은 비슷한 연배이며 서로 성격도 맞아서 호형하며 친하게 지냈다.

그래서 정천영은 더욱 배신감을 느끼는 것이다.

정천영과 당하선이 아무렇지도 않은 체하고 있으나 평소와는 조금 다른 분위기라는 것을 군중호 같은 인물이 간파하지 못할 리가 없다.

하지만 그는 낯선 사람 즉, 진검룡이 앉아 있는 것을 보고 그 때문에 분위기가 이런 것이라고 편하게 생각했다.

때는 해시(亥時:밤 10시경)라서 늦은 감은 있지만 군중호는 잠자리에 들기 전이라 각주의 부름에 즉각 달려왔다.

정천영을 본 군중호는 그가 술이나 한잔하자고 자신을 불렀을 것이라고 편하게 생각했다.

그렇지 않아도 탁자에는 보기에도 맛있어 보이는 요리와 술이 가득 차려져 있다.

"어서 오시오."

정천영이 일어나서 미소 지으며 군중호를 맞이했다.

군중호는 자신이 왔는데도 당하선이 일어서지 않는 것이 조금 이상했지만 그녀 옆에 젊고 잘생긴 청년이 앉아 있는 것을 보고 그녀가 일어나지 않는 이유가 청년 때문일지도 모른다고 나름대로 생각했다.

원래 당하선은 군중호를 매우 신임하므로 그를 숙부 정도로 생각하여 매사에 깍듯했었다.

그렇지만 지금 당하선은 군중호가 검황천문 군림각의 단주(檀主) 신분이라는 사실을 안상효의 입을 통해서 들었기에 그를 쳐다보는 것조차도 끔찍하게 싫었다.

만약 그녀가 좌불안석하여 초조해서 몸을 가늘게 떨고 있을 때 진검룡이 그녀의 손을 잡아주지 않았으면 무슨 일이 일어났을지도 모른다.

지금 진검룡과 당하선은 서로의 몸이 닿을 정도로 나란히 붙어서 앉아 있으며 두 사람의 허벅지가 맞닿는 곳 아래에서 손을 잡았으며 또한 탁자가 가린 상태라서 아무에게도 보이지 않았다.

진검룡은 탁자로 걸어오는 군중호에게 시선을 주지 않고 술잔을 들어 천천히 마셨다.

그러고는 몹시 긴장하고 있는 당하선을 위로할 생각으로 부드러운 미소를 지었다.

"하선, 한잔하지?"

진검룡은 자신이 당하선과 친하다는 것을 보여주려고 일부러 그녀의 이름을 부르면서 하대를 했다.

그런데 당하선은 이런 상황에 진검룡이 손을 잡아주고 또 다정하게 이름까지 부르면서 하대를 하자 눈물이 날 만큼 고마웠다.

"네. 가가, 소녀의 술 받으세요."

그래서 그녀도 그를 '가가'라고 부르며 술병을 내밀었다.

군중호는 자연스럽게 정천영 옆자리에 앉으면서 그에게 알은척을 했다.

"정 형, 언제 오셨소?"

정천영은 고개를 끄떡였다.

"조금 전에 왔소."

정천영이 따르는 술을 받으면서 군중호는 자연스럽게 진검룡을 쳐다보았다.

"처음 보는 소협이 계시군."

누가 진검룡을 소개를 하라는 뜻이다.

진검룡은 술잔을 들어 앞으로 약간 내밀었다.

"나는 진검룡이오."

그가 조금 건방지기는 해도 군중호로서는 발작할 자리도 아니고 그만한 일로 화를 낼 얕은 성품이 아니라서 같이 술잔을 들었다.

"군중호요."

정천영과 당하선은 이제 곧 무슨 일이 벌어질는지 긴장하여 눈도 깜빡거리지 않았다.

이런 상황에서 진검룡이 정천영이나 당하선의 도움을 받을 필요는 없다.

진검룡은 군중호를 응시하며 단도직입적으로 말했다.

"귀하에게 물어볼 것이 하나 있소."

진검룡의 말투가 갈수록 건방지지만 군중호는 조금 더 참기로 했다.

"무엇이오?"

"어째서 하선에게 치정혼인고를 주입한 것이오?"

"……."

술잔을 들어서 입으로 가져가던 군중호가 멈칫했다.

그는 방금 자신이 무얼 잘못 들었을 것이라고 생각했다. 여기에 앉아 있는 세 사람이 치정혼인고를 알고 있을 리가 없으며, 알고 있다손 쳐도 그걸 심은 사람 면전에 대놓고 어째서 주입했느냐고 물어볼 리가 없기 때문이다.

"뭐라고 그랬소?"

군중호는 당연히 자신이 잘못 들었을 것이라고 여기면서 태연히 물었다.

"귀하가 하선에게 고독을 심었잖소?"

"어……."

잘못 들은 것이 아니었다. 군중호는 눈을 크게 뜨고 당하선과 정천영을 번갈아 쳐다보았다.

군중호는 너무 놀라고 당황해서 이 순간 자신이 무엇을 어떻게 해야 하는지 결정을 내리지 못했다.

이런 상황에서는 어느 누구라도 당황하게 마련이고 얼마나 빠르게 이성을 회복하느냐에 따라서 상황이 달라진다.

그러나 군중호에게는 그런 기회마저도 주어지지 않았다.

그는 엉거주춤 일어나면서 적잖이 놀란 얼굴로 진검룡을 가리켰다.

"네가 어떻게……."

당하선은 군중호가 당장에라도 진검룡을 공격할 것 같아서 극도로 긴장하여 몸이 단단하게 굳었다.

진검룡은 자신이 잡고 있는 왼손으로 그녀의 손이 나무처럼 굳고 떨리는 것을 느꼈다.

그는 당하선의 손을 잡고 그녀의 허벅지에 얹어주면서 약간의 순정기를 주입했다.

'아…….'

다음 순간 당하선은 떨림이 멎고 몸이 아주 편안해지는 것을 느꼈다. 그러더니 마음까지도 푸근해지는 것이 아닌가.

진검룡이 어떻게 한 것인지는 모르지만 그가 무엇을 했기 때문에 자신이 편안해졌을 것이라고 짐작했다.

진검룡은 한 손으로는 당하선의 손을 잡아 그녀의 허벅지에 얹고 다른 손에 쥔 술잔으로 군중호를 가리켰다.

"귀하는 고독으로 하선을 조종했소? 그래서 어떤 일을 시킨 것이오?"

"이놈!"

비로소 군중호는 자신이 처한 상황을 조금이나마 알게 되어 맹수처럼 포효하며 그 즉시 진검룡에게 일장을 발출했다.

"······."

그런데 손이 뻗어지지 않았다. 아니, 손만이 아니라 몸이 뻣뻣해져서 움직이지 않는다.

그는 어떻게 된 영문인지 몰라서 눈을 껌뻑거리다가 진검룡이 술잔을 쥔 손으로 자신을 가리키고 있는 것을 보고는 크게 놀랐다.

'설마······.'

믿어지지 않는 일이지만 지금으로선 믿을 수밖에 없다. 저 새파랗게 젊은 청년이 술잔을 쥔 손으로 무형의 기운을 발출하여 그를 꼼짝 못 하게 묶어버린 것이 분명하다.

진검룡은 군중호를 가리켰던 손의 술잔을 느긋하게 입속에 쏟아부었다.

그런데도 군중호는 여전히 움직이지 못했다.

'이럴 수가······.'

진검룡이 손을 뻗어서 무형지기를 발출한 것이 아니라

손을 사용하지 않고서도 무형지기로 군중호를 제압한 것이다.

"하선에게 어떤 일을 시켰소?"

"으음……! 너는 누구냐?"

진검룡의 물음에 군중호는 턱을 부르르 떨며 무섭게 그를 쏘아보면서 물었다.

진검룡은 여유 있게 미소 지었다.

"진검룡이라고 하지 않았소."

"뭐 하는 놈이냐는 말이다!"

군중호는 자신도 모르게 버럭 소리를 질렀다.

"내 별호를 묻는 것이라면 전광신수라고 하오."

"……."

군중호는 눈을 껌뻑거리면서 전광신수라는 별호를 들은 적이 있는지 기억을 더듬었다.

그러다가 한순간 화들짝 놀라서 낮게 비명을 질렀다.

"허엇! 너, 너는… 영웅문주!"

진검룡은 가볍게 고개를 끄떡였다.

"그렇소. 나를 만난 이상 귀하는 절대로 살아서 이 방을 나가지 못할 테니까 순순히 실토하는 게 좋을 것이오."

"으음……."

영웅문주에 대한 소문은 절강성을 중심으로 이곳 강서성 일대에 파다하게 퍼졌다.

당하선은 소스라치게 놀란 표정을 지으며 진검룡을 바라보았다.

정천영은 진검룡이 영웅문주라는 말을 그녀에게 하지 않고 단지 그가 그녀의 고독을 제거해 줄 것이라고만 말했었다.

진검룡이 자신의 빈 잔에 술을 따르려는데 당하선이 급히 술병을 들어 술을 따랐다.

오른손이 그의 손에 덮여서 허벅지에 얹혀 있으므로 한 손으로 따를 수밖에 없다.

진검룡은 군중호를 보며 담담하게 말했다.

"나는 귀하의 수하인 안상효에게 분근착골수법을 전개해서 웬만한 내용은 다 알아냈소."

군중호의 얼굴이 보기 싫게 일그러지는 것을 보면서 진검룡은 말을 이었다.

"귀하도 분근착골의 맛을 보는 게 좋을 것 같소."

군중호는 반사적으로 움찔했다.

"닥쳐라!"

그는 전신의 공력을 끌어올려 진검룡의 제압에서 벗어나려고 애썼으나 수포로 돌아갔다.

조금 전 당하선이 따라준 진검룡 술잔의 술이 잔 위로 느릿하게 떠올랐다.

이 신기한 광경을 정천영과 당하선은 눈을 깜빡거리지도 않고 뚫어지게 주시했다.

그리고 군중호는 일그러진 얼굴로 지켜보았다. 그는 자신에게 곧 벌어질 일을 예감할 수 있었다.

파아아!

그 순간 술이 한 덩이의 액체가 되어 군중호에게 쏘아가다가 여러 줄기로 갈라지며 그의 몸에 적중되었다.

파파파팟!

"흐윽!"

군중호는 답답한 신음을 흘리면서 그 자리에 쓰러졌다.

*　　　　　*　　　　　*

진검룡은 군중호에게 분근착골수법을 펼쳐서 한바탕 지옥의 처절한 고통을 맛보여 준 후에 풀어주었다.

"허억… 헉헉……!"

마혈이 제압된 군중호는 땀범벅이 되어 바닥에 웅크린 채 헐떡거렸다.

진검룡이 손을 뻗어 무형지기를 발출하자 군중호가 일으켜 바닥에 앉혀졌다.

진검룡과 당하선, 정천영은 그 앞에 나란히 서서 그를 굽어보았다.

"묻는 말에 제대로 대답하지 않으면 조금 전 고통을 다시 받게 될 것이오."

"으으……."

군중호는 핏발이 곤두선 눈으로 진검룡을 노려보았다.

그는 자신이 아무리 극심한 고통 속에서라도 초연할 것이라고 믿었는데 조금 전의 그 고통은 생각하는 것조차도 미쳐 버릴 것처럼 끔찍했다.

당하선과 정천영은 왠지 편치 않은 표정으로 군중호를 바라보았다.

철석같이 믿었던 그의 이런 모습을 보는 것이 어찌 편한 마음이겠는가.

그렇지만 군중호에게 아무런 감정이 없는 진검룡은 자신이 할 일을 했다.

"귀하가 하선의 치정혼인고를 발작시킨 적이 있었소?"

군중호는 무겁고 깊은 신음을 흘렸다.

"끄응… 있었다……."

분근착골의 고통이 두렵기도 하지만 굳이 대답 못 할 일이 아니다.

"얼마나 자주 있었소?"

당하선은 숨이 멎을 것처럼 극도로 긴장하여 눈을 동그랗게 뜨고 군중호를 주시했다.

"한 달에 한 번 정도……."

"무엇을 했소?"

군중호는 당하선을 힐끗 쳐다보고서 얼굴을 일그러뜨리며 다른 곳을 보았다.

"내 방으로 불렀다."

시술자가 주문을 외우면 피시술자 체내의 고독이 발작을 하고 그때부터는 자신의 의지가 아닌 시술자가 원하는 대로 움직이게 된다.

그러고 나서 피시술자가 깨어나고 나면 자신이 무엇을 했는지 하나도 기억이 나지 않는다.

무슨 일이 있었던 것은 분명한데 어찌 된 일인지 그걸 전혀 기억하지 못하는 괴로움은 당해보지 않은 사람은 짐작조차도 하지 못한다.

당하선은 숨을 멈추고 두 주먹을 꼭 쥔 채 있는 힘을 다해서 군중호를 쏘아보았다.

지금 이런 상황에 당하선이 상상할 수 있는 일은 단 한 가지뿐이다.

군중호가 그녀를 욕보였을 것이라는 거다. 구태여 그의 말을 들어보지 않아도 알 수 있을 것 같다.

"불러서 무엇을 했소?"

그러나 당하선의 지금 심정에 대해서 그다지 심각하게 생각하지 않는 진검룡의 물음은 가차 없다.

얼마나 긴장했는지 당하선의 눈과 속눈썹이 파르르 떨렸다.

잠시 침묵이 흐른 후에 군중호가 중얼거리듯이 말했다.

"술을 마셨다."

"술을? 무슨 술을 마셔?"

다급한 정천영이 소리 질렀다.

"각주하고 둘이서 술을 마셨소."

묻는 상대가 정천영이라서 군중호는 말투를 바꾸었다. 이런 상황에서도 그는 정천영을 친구로 여겼다.

"무슨 헛소리를……."

정천영은 자신이 상상하는 것과 판이한 얘기가 나오자 입에 거품을 물고 따졌다.

"선 매 몸속에 치정혼인고까지 주입한 놈이 한밤중에 불러 놓고 술을 마셨다는 말이냐?"

어느 누구라도 이런 상황에서는 정천영처럼 따질 것이다.

군중호는 조용히 대답했다.

"그렇소."

믿어달라고 강변하지도 않았다.

"그걸 나더러 믿으라는 거냐?"

정천영은 일장에 쳐 죽일 것처럼 분노가 치밀었다.

"고독 이름이 치정혼인고 아니냐? 한 달에 한 번 발작을 일으키는 색령고 말이다!"

"……."

"왜 대답을 못 하는 것이냐? 치정혼인고가 아니냐?"

"치정혼인고가 맞소……."

"아아……."

당하선은 안색이 해쓱해져서 쓰러질 것처럼 비틀거렸다.

그녀의 몸속에 치정혼인고라는 색령 고독이 들어 있으며, 그것이 한 달에 한 번 발작을 일으킨다는 사실을 확인했으니 하늘이 무너지는 충격이다.

진검룡이 그녀를 부축해서 의자에 앉히는데 몸이 바들바들 떨리고 있다.

정천영은 군중호가 무슨 말을 해도 믿고 싶지 않을 정도로 분노하여 이성을 잃기 시작했다.

"너 이 흉악무도한 놈아……! 어디 딸 같은 아이에게 그런 짓을 할 수가 있느냐?"

그가 당하선을 '선 매'라고 부르기는 하지만 마음속으로는 딸처럼 여기고 있었다.

의자에 앉은 당하선은 진검룡의 팔을 두 손으로 매달리듯이 꼭 잡고 눈물을 펑펑 흘리고 있다.

군중호가 정천영을 보며 중얼거리듯이 말했다.

"딸 같은 아이라고 그랬소?"

"그렇다! 이 천벌을 받을 놈아!"

군중호는 씁쓸한 표정을 지었다.

"정 형에게 각주가 딸 같으면 내게도 마찬가지일 거라는 생각은 해보지 않았소?"

"······."

정천영은 한 대 얻어맞은 것처럼 뜨악한 표정을 지으며 군중호를 쳐다보았다.

"지난 몇 년 동안 나와 정 형, 그리고 우호법 세 사람은 각주를 딸이나 조카처럼 대했었소."

정천영은 이마를 잔뜩 좁혔다.

"그런데 어째서 각주에게 고독을 주입했느냐?"

"검천의 명령이었소."

"겸황천굴의 명령이라면 뭐든지 다 하는 것인가?"

정천영은 버럭 소리를 질러놓고서 실언했음을 깨달았다. 검황천문의 수하가 명령을 거부한다는 것은 있을 수 없는 일이기 때문이다.

군중호는 착잡한 표정으로 말했다.

"정 형은 만약 각주가 죽는 것과 고독을 주입하는 것 중에 선택하라면 어떻게 하겠소?"

"······."

정천영은 움찔 놀라면서 말문이 막혔다.

군중호의 말인즉 그가 선택할 수 있는 방법이 당하선에게 고독을 주입하는 것뿐이었다는 뜻이다. 그게 아니면 그녀를 죽여야 했을 테니까 말이다.

당하선은 떨림을 멈추고 눈을 커다랗게 뜬 채 기대와 긴장이 섞인 표정으로 군중호를 뚫어지게 응시했다.

정천영은 반신반의하는 표정으로 한동안 군중호를 쳐다보고 있다가 가라앉은 목소리로 나직하게 물었다.

"이건 확실하게 짚고 넘어갑시다."

정천영의 말투가 변했다.

군중호는 그가 무엇을 물으려는 것인지 짐작하는 듯한 표정을 지었다.

정천영은 팽팽하게 긴장된 얼굴로 당하선을 한 번 힐끗 보고 나서 군중호에게 물었다.

"당신은 각주를 욕보이지 않았소?"

"그렇소."

군중호가 너무도 당당하게 대답해서 정천영과 당하선의 얼굴에 환한 기색이 동시에 떠올랐다.

정천영과 당하선이 알고 있는 군중호는 평소에 과묵하고 당당하여 거짓말을 하지 않는 우직한 성격이다.

정천영은 크게 안도하는 표정을 지었으나 다시 한번 확인하는 것을 잊지 않았다.

"그럼 각주를 불러서 술만 마셨소?"

군중호는 당하선을 한 번 쳐다보고 나서 착잡한 표정으로 중얼거리듯이 말했다.

"치정혼인고는 한 달에 한 번 발작을 일으키기 때문에 남자와 동침을 하지 않으면 죽소."

그의 말에 당하선과 정천영의 표정이 다시 어두워졌다. 현실이 그런데 어떻게 군중호가 당하선을 욕보이지 않고 살렸다는 말인가.

정천영은 뭔가 짚이는 바가 있어서 조심스럽게 물었다.

"혹시 남자와 동침하지 않고도 발작을 잠재우는 다른 방법이 있는 것이오?"

"그렇소."

"아……."

당하선이 안도의 한숨을 길게 토해냈다. 그녀는 천당과 지옥을 오르락내리락하고 있다.

정천영은 표정이 밝아지면서 물었다.

"그럼 군 형은 각주에게 그 방법을 시전해서 발작을 가라앉혔던 것이오?"

"그렇소."

"오오……!"

정천영은 더없이 기쁜 표정을 짓더니 두 손으로 군중호의 손을 잡고 일으켜 주었다.

"미안하오… 군 형!"

그렇지만 군중호는 마혈이 제압된 상태라서 뻣뻣한 몸으로 일으켜졌다.

"혈도를 풀어주겠소."

정천영이 제압된 군중호의 마혈을 해혈하려고 어깨와 턱의 혈도를 누를 때 진검룡이 만류했다.

"하지 마시오."

그러나 그때는 정천영이 이미 혈도를 누른 직후다.

군중호는 온몸을 부들부들 마구 떨면서 목젖이 찢어질 정도로 처절하게 비명을 질렀다.

"끄아아아—!"

진검룡이 상대의 혈도를 제압하는 수법은 민수림에게 전수받은 특수한 점혈 수법이라서 그와 민수림 외에는 아무도 해혈하지 못한다.

자칫 잘못 손을 댔다가는 끔찍한 고통을 받게 되고 그것이 심해지면 죽을 수도 있다.

"끄아아악!"

군중호는 실성한 것처럼 입에서 게거품을 뿜어내고 눈에 흰자위가 가득 드러나면서 비명을 질러댔다.

이것은 아까 분근착골보다 더한 고통이다. 분근착골을 당할 때는 그게 세상에서 가장 지독한 고통인 줄 알았는데 이 고통은 그보다 몇 배나 더 지독했다.

순간적이지만 군중호는 이런 고통을 맛볼 바에는 차라리 죽는 것이 훨씬 나을 것이라는 생각이 들었다.

"어… 여보게!"

정천영이 다급하게 진검룡을 보며 도움을 청했다.

그때 진검룡은 이미 군중호를 향해 지풍을 발출하고 있었다.

파파팍!

"으윽……!"

진검룡이 발출한 한 줄기 지풍이 다섯 줄기로 갈라져서 군중호의 상체 다섯 부위를 적중시켰다.

"흐으으……."

쿵!

군중호는 바닥에 길게 뻗은 자세로 온몸을 부들부들 한참이나 떨어댔다.

"군 형!"

정천영은 군중호의 발작이 가라앉기를 기다렸다가 조심스럽게 일으켜서 의자에 앉히며 미안한 표정을 지었다.

"괜찮소?"

군중호는 지옥에 다녀온 사람처럼 안색이 창백했다.

"음… 죽지는 않을 것 같소."

만약 군중호가 참을성이 없거나 진중한 사람이 아니었다면 정천영에게 불같이 화를 냈을 것이다. 아니, 화를 내야 마땅한 일이다. 그 정도로 끔찍한 고통이었다.

그런 것을 익히 짐작하는 정천영이다. 더구나 군중호가 당하선을 매월 한 번씩 욕을 보였다고 오해를 했기에 당장에라도 찢어 죽일 것처럼 윽박지른 일도 있어서 죄스러운 마음이 가중되었다.

그때 진검룡이 문을 보면서 말했다.

"문밖에 누가 온 것 같소."

정천영이 급히 달려가서 문을 벌컥 열었다.

그러자 문밖에 양이랑과 한 명의 아름다운 여인이 조금 놀란 표정으로 서 있었다.

진검룡을 빼고 그 여인을 발견한 사람들이 다 놀라는데 그중에서 군중호는 반가운 표정을 지었다.

아담한 체구와 예쁘장한 얼굴에 사십 대 초반의 나이인 여인은 들어서면서 당하선을 향해 공손히 예를 취했다.

"각주."

"우 대랑(蘇大娘)."

여인 우순현(禹純賢)은 우호법이며 당하선에겐 이모처럼 자상하고 다정한 사람이다.

우순현을 바라보는 정천영과 군중호의 표정이 왠지 조금씩 다른 것 같았다.

정천영은 반가움이고 군중호는 미안함과 쓸쓸함이 뒤섞여 있었다.

아무도 우순현더러 여기에 왜 왔느냐고 묻지 않았다. 그녀가 밤중에 이곳에 온 것은 조금 이상하지만 오지 못할 사람이 온 것은 아니기 때문이다.

진검룡은 누군가 문밖에 와 있다는 사실을 조금 전부터 알고 있었으나 잠자코 있었다. 문밖을 지키고 있는 양이랑과 우순현의 전음을 가로채서 듣고는 그녀가 우호법이라는 사실을 짐작하게 되었기 때문이다.

진검룡을 비롯한 사람들이 술상이 차려져 있는 탁자에 둘러앉았다.

당하선이 한 달에 한 번씩 치정혼인고 때문에 발작을 일으켰을 때 군중호가 어떤 방법으로 발작을 진정시켰는지에 대해서는 우순현이 설명했다.

치정혼인고가 발작했을 때 해결 방법은 두 가지다.

하나는 남자와 동침하는 것이고, 또 하나는 심후한 공력으로 발작을 가라앉히는 것이다.

애초부터 당하선과 동침할 생각조차 하지 않았던 군중호는 두 번째 방법을 썼다.

자신은 공력이 태부족이기 때문에 우순현과 합심해서 두 사람의 공력으로 치정혼인고의 발작을 잠재웠다는 것이다.

第百十章

좌호법 군중호 Ⅱ

우순현이 차분하게 말했다.

"올해 초봄에 좌호법께서 저에게 그동안 숨겨왔던 사실들을 다 털어놓으셨어요."

혈도가 완전히 풀려서 자유롭게 된 군중호는 정천영과 우순현 사이에 앉아서 묵묵히 술을 마셨다.

우순현은 군중호를 보면서 말을 이었다.

"좌호법이 말씀하시기를 자신은 검천 군림각 휘하의 단주이며 천추각을 장악하고 각주의 신변을 확보하라는 명령을 받고 이곳에 삼 년 전에 파견되었다고 하셨어요."

당하선과 정천영의 시선이 이끌리듯이 군중호에게 향하여

멈췄다.

군중호가 천추각에 들어온 것은 삼 년 전의 일이다. 그 당시에 천추각에서 대대적으로 고수와 무사를 모집했었는데, 그때 입문한 것이 군중호였다.

군중호는 워낙 탄탄한 무공을 지닌 덕분에 천추각에 입문하여 일개 호위고수의 신분에서 불과 일 년 반 만에 좌호법의 지위로 고속으로 승급했었다.

당하선과 정천영을 비롯한 천추각 사람들은 군중호가 검황천문 사람일 것이라고는 추호도 의심하지 않았었다.

의심할 건더기가 없었다. 천추각에 입문한 이후 군중호는 누가 보더라도 정말이지 혼신의 노력을 쏟아 천추각과 각주를 위해서 헌신했었기 때문이다.

우순현은 차분한 목소리로 말했다.

"그동안 제가 좌호법을 보고 겪어온 바에 의하면……."

그녀는 일부러인지 군중호를 쳐다보지 않은 채 조용히 말을 이었다.

"좌호법은 우리 천추각 사람입니다."

당하선과 정천영은 그 말이 더할 수 없이 반가웠다. 더 바랄 게 없다. 그 말이면 족했다.

"좌호법은 저에게 자신의 정체를 털어놓으면서 각주께 고독을 심을 수밖에 없었던 상황을 설명해 주었어요."

정천영이 군중호의 빈 잔에 술을 따랐다.

"검황천문이 좌호법에게 내린 명령은 각주께 고독을 주입하거나 그러지 못할 경우 죽이라는 것이었대요. 좌호법은 고독을 선택했죠."

사람들의 시선을 받으면서 군중호는 씁쓸한 표정으로 술잔을 만지작거렸다.

군중호가 자신의 모든 것을 털어놓은 사람은 천추각에서 우순현 한 사람뿐이다.

군중호와 같은 호법이라는 지위에 있기에 각별하게 친밀했던 덕분이고 또 우순현의 인성이 워낙 이해심이 넓기 때문이었을 것이다.

우순현은 천추각의 거의 모든 사람들의 속사정을 자세히 알고 있는 유일한 사람이다.

모두들 그녀에게는 자신의 속내를 허심탄회하게 털어놓기 때문이다.

당하선과 정천영은 한 가지 의문이 생겼지만 묻지 않았다. 우순현이 거기에 대해서도 설명할 것이라고 믿었다.

"만약 좌호법이 각주에게 고독을 주입하지도 않고 죽이지도 않겠다고 버틴다면 천추각 내의 제삼 세력이 각주와 좌호법, 그리고 저와 정 대인을 모두 죽이고 천추각을 접수하는 최후의 방법이 도사리고 있었다는군요."

당하선과 정천영이 궁금했던 점이 바로 그것이었다.

당하선이 가늘게 떨면서 나직이 중얼거렸다.

"제삼 세력이란 천추호위대인가요?"

그녀는 천추호위대를 추호도 의심하지 않았지만 천추각 내에서 각주와 좌우호법, 정천영을 모두 죽이고 천추각을 장악할 수 있는 세력은 천추호위대가 유일하다고 판단했다.

그랬기에 아까 정천영으로부터 천추호위대주 안상효와 호위 고수들이 검황천문 소속이었다는 말을 듣지 않았더라도 안상효를 제일 먼저 떠올렸을 것이다.

우순현은 고개를 끄떡였다.

"그래요. 그러니까 결국 좌호법은 각주께 고독을 주입함으로써 천추각을 보호하고 또 지탱해 왔던 거였어요."

군중호는 한마디 변명도 하지 않고 술잔을 만지작거리면서 다른 곳을 응시하고 있을 뿐이다.

상대가 오해를 하면 오해를 하는 대로, 이해하면 이해하는 대로 맡겨둔 모습이다. 그것이 그의 초탈한 성품이다.

*　　　　　*　　　　　*

중요한 관건은 당하선의 체내에 주입되어 있는 고독, 치정혼 인고를 어떻게 제거하느냐다.

정천영이 진검룡을 보면서 조용한 목소리로 말했다.

"그에게 각주의 고독을 제거해 달라고 부탁했소."

그 사실을 당하선은 알고 있었고 좌우호법은 이제야 처음 알게 되었다.

군중호와 우순현은 적잖이 놀라는 표정으로 진검룡을 쳐다보았다.

군중호는 아까 진검룡에게 제압되는 과정에 그가 영웅문주라는 사실을 알게 됐었다.

그는 옆에 앉은 우순현에게 말해주었다.

"그는 영웅문주요."

"아……."

우순현은 문밖에 늦게 도착했었기 때문에 진검룡이 군중호에게 자신의 신분을 밝히는 내용을 듣지 못했었다.

그녀는 문밖에 처음 도착했을 때부터 방금 전까지 진검룡이 누군지 몹시 궁금했었는데 설마 그가 항주의 영웅문주일 줄은 상상도 하지 못했다.

진검룡이 영웅문주 전광신수라는 사실을 알고 나서 우순현은 그에게서 시선을 떼지 못했다.

당금 무림의 소문을 절반 이상 차지하는 인물이 바로 전광신수이기 때문이다.

군중호 역시 진검룡을 주시하면서 찬찬히 신중하게 살피기 시작했다.

진검룡은 술 한 잔을 마시고 나서 조용히 입을 열었다.

"고독을 어떻게 제거하는 것이오?"

진검룡을 살피던 군중호는 정천영을 쳐다보았다.

"정 형이 어디까지 말했소?"

"저 친구가 고독을 제거할 수 있을 것이라고 말했소."

군중호는 진지한 얼굴로 진검룡을 응시했다.

"혹시 귀하가 각주의 체내에 고독이 있는 것을 알아냈소?"

"그렇소."

"어떻게 알아냈소?"

그걸 왜 알아냈느냐고 핀잔을 하는 것이 아니라 어떤 방법으로 알아냈는지 궁금하다는 것이 군중호의 얼굴에 나타났다.

정천영이 대신 대답해 주었다.

"심안으로 각주의 눈을 통해서 체내를 살펴보다가 발견했다고 하오."

"아……."

군중호와 우순현은 똑같이 크게 놀라며 탄성을 터뜨렸다.

두 사람과 당하선, 정천영의 상식으로는 심안 즉, 마음의 눈으로 상대의 눈을 통해서 체내를 살펴본다는 것은 절대로 이해가 되지 않는 일이었다.

하지만 거기에 대해서는 더 이상 묻지 않았다. 영웅문주라는 이름은 이해를 넘어서서 신뢰할 수 있게 만들 정도의 힘이 있었다.

                    *   *   *

　정천영과 군중호, 우순현 세 사람이 의논할 것이 있다면서
밖에 나가고 실내에는 진검룡과 당하선 둘만 남았다.

　여럿이 있을 때는 몰랐는데 달랑 둘만 남게 되니까 진검룡
은 분위기가 어색해서 묵묵히 술만 마셨다.

　지금 정확한 시각은 모르겠지만 진검룡 짐작으로는 자정쯤
된 것 같았다.

　술잔이 비면 당하선이 공손히 술을 따라주었다.

　"저……."

　일다경쯤 지나서 어색함이 가시고 어느 정도 익숙해질 때
당하선이 조심스럽게 입을 열었다.

　"소녀의 고독을 제거해 주셔서 고마워요."

　진검룡은 어깨를 으쓱했다.

　"아직 하선의 고독을 제거하지 않았소."

　"아……."

　진검룡은 부끄러워하는 당하선을 쳐다보았다. 그가 당하
선을 이처럼 가까운 곳에서 똑바로 쳐다보는 것은 처음이
다.

　그의 시선을 느낀 당하선은 얼른 그를 외면하면서 고개를
숙였다.

진검룡은 세 뼘 거리에서 고개 숙이고 있는 당하선을 물끄러미 바라보았다.

이제 보니까 당하선은 무척이나 아름다웠다. 천하절색인 민수림이나 부옥령에 비할 바는 아니지만, 그녀들이 갖고 있지 않은 것들을 지니고 있는 것 같았다.

말하자면 청초함과 귀여움, 수줍음, 공손함과 다소곳함, 순종 그런 것들이었다.

당하선은 살며시 고개를 들고 진검룡을 돌아보다가 그가 여전히 자신을 주시하고 있자 깜짝 놀라서 또다시 얼른 고개를 깊이 숙였다.

그녀의 뺨과 귀가 능금처럼 빨개지고 손가락 한 마디보다 긴 것 같은 우아한 속눈썹이 파르르 떨렸으며, 티 한 점 없는 새하얗게 뽀얀 귀밑과 목덜미에 흘러내린 머리카락이 바람도 없는데 하늘거렸다.

진검룡은 당하선을 바라보다가 여태껏 몰랐던 사실을 하나 알게 되었다.

천하에서 제일 아름다운 여자는 민수림과 부옥령이지만 여자에게는 아름다움 말고도 매력적인 것이 있다는 사실이다.

당하선이 그랬다. 그녀는 아름답기도 하지만 뭐라고 말로는 설명하기 어려운 그녀만의 독특한 매력을 지니고 있다.

침묵 속에서 진검룡의 응시가 계속되자 당하선은 허벅지에 올린 두 손을 꼭 부여잡고 어쩔 줄 몰라 했다.

당하선이 겁에 질렸을 때 진검룡이 그녀의 손을 잡아주
기도 하고 그녀가 그의 팔에 매달리거나 심지어 품에 안기
기도 했었기에 두 사람이 내외를 할 시기는 지났다고 할 수
있다.

이윽고 진검룡은 그녀에게서 시선을 거두고 쥐고 있던 술
잔을 내밀었다.

"잔이 비었소."

"아……."

당하선은 깜짝 놀라서 고개를 돌려 그를 쳐다보다가 그가
자신을 빤히 응시하고 있는 것을 보고 심장이 덜컥 내려앉는
것처럼 놀랐다.

"아아……."

"왜 그렇게 놀라시오?"

당하선은 더욱 부끄러워하면서 겨우 말했다.

"말을 놓으세요."

"그게 무슨 말이오?"

"아까는 소녀에게 말을 놓으시더니……."

"아……."

아까 군중호가 있을 때 진검룡은 당하선에게 조금은 의도
적으로 하대를 했었다.

"하선에게 말을 놓으라는 얘기요?"

"네."

진검룡은 고개를 끄떡였다.

"알겠소."

당하선은 밝은 표정을 지었다.

"고마워요."

진검룡은 밝은 표정의 당하선이 귀여우면서도 천진난만하다는 생각이 들었다.

"선아."

"……."

상대가 하라고 하면 외려 좀 더 폭주하는 경향이 있는 진검룡은 '하선'이라고 부르던 호칭을 아예 '선아'라고 누이동생이나 아랫사람처럼 불러 버렸다.

당하선은 너무 놀라서 눈을 커다랗게 뜨고 그를 바라보는데 눈동자가 이리저리 떨렸다.

"왜? 싫어?"

당하선은 마구 도리질했다.

"아… 아니에요……!"

"그럼 왜 그런 얼굴이지?"

"너… 너무 좋아서요……."

진검룡은 빙그레 웃었다.

"그게 그렇게 좋니?"

"네……."

당하선은 천하를 다 가진 표정으로 고개를 끄떡였다.

진검룡은 그녀가 아기 같다는 생각이 들었다.

"선아, 넌 몇 살이니?"

"스물다섯이에요."

"응, 그렇구나."

스물다섯 살이라는 대답에 진검룡은 잠시 현실로 돌아왔지만 그녀의 나이를 그다지 중요하게 생각하지는 않았다.

나이로 치자면 부옥령과 현수란, 영웅문 총무장인 유려가 사십 대이다.

또한 훈용강을 비롯한 남자 대부분이 삼십 대에서 사십 대까지 망라되어 있다.

그런데도 진검룡은 그들 남녀 모두를 싸잡아서 이름을 부르고 하대를 한다.

그 문제에 대해서는 깊이 생각해 본 적이 없어서 왜 그랬는지 모른다.

하지만 그가 그들 모두의 주군이기 때문에 당연히 그래야 한다는 선입견이 있었던 것 같다.

어쨌든 무림에서는 나이나 학식, 신분, 배경 따위가 하등의 소용이 없다. 무조건 강함이 모든 것에 우선한다.

*　　　　*　　　　*

우호법, 우순현이 당하선을 밖으로 데리고 나갔으며, 실내에는 진검룡과 정천영, 군중호가 탁자에 둘러앉았다.

진검룡은 정천영과 군중호, 우순현이 밖에 나가서 자기들끼리 한참 대화를 나누고 와서는 다시 우순현이 당하선을 데리고 나가는 것을 보고 뭔가 심상치 않음을 감지했다.

군중호는 묵묵히 앉아 있고 정천영은 아까부터 계속 헛기침만 하고 있다.

진검룡이 바보가 아닌 이상 이들이 무엇 때문에 이러는지 짐작이 갔다.

당하선의 고독을 제거하는 방법 때문에 이러는 것일 텐데 구체적으로 무슨 방법 때문인지는 알 수가 없다.

"왜 그러시오?"

그렇지만 아무것도 모르는 것처럼 정천영에게 물었다.

정천영이 또 헛기침을 했다.

"커험! 험! 그게 말일세."

그는 뜬금없이 불쑥 물었다.

"자네, 혼인했나?"

"하지 않았소."

"아까 그녀들은 자네하고 어떤 관계인가?"

민수림과 부옥령을 가리키는 것이다.

"태상호법과 좌호법이오."

"아니, 그게 아니라……."

진검룡은 그가 무얼 알고 싶은지 짐작하지 못했다.

"자넨 그녀들과 혼인할 것인가?"

"그럴 생각이오."

진검룡은 대수롭지 않게 고개를 끄떡였다.

第百十一章

그녀 당하선

"자네, 각주를 어떻게 생각하는가?"

정천영이 밑도 끝도 없이 불쑥 물었다.

진검룡은 순진하게 대답했다.

"좋은 여자요."

"얼마나 좋은 여자라고 생각하는가?"

"아름다운 데다 순종적이고 수줍음이 많아서 남자들이 원하는 최상의 여자라고 생각하오."

그의 대답에 정천영과 군중호가 동시에 놀라서 입을 모아 소리치듯 물었다.

"각주가 순종적이고 수줍음이 많다고?"

"각주를 얘기한 게 맞은 것이오?"

"그렇지 않소?"

진검룡의 반문에 정천영과 군중호는 동시에 고개를 세차게 가로저었다.

"전혀 그렇지 않네! 각주가 얼마나 추진력과 결단력이 강하고 고집이 센지 자네는 짐작도 못 할 걸세."

진검룡은 손을 저었다.

"하하하! 무슨 소리를! 전혀 그렇지 않소."

당하선의 별호 천추태후 앞에 철혈(鐵血)이라는 아호가 더 붙어 있다는 사실을 진검룡은 모르고 있다.

철혈은 '쇠와 피'라는 뜻이며 풀어서 무기, 혹은 무력, 군대를 뜻하고 있다.

천추태후가 천추각을 이끌며 얼마나 대단한 수완과 강력한 지도력을 발휘하고 있는지는 '철혈'이라는 아호만 봐도 짐작할 수가 있다.

그래서 그녀를 철혈천추라고 부르기도 한다.

진검룡은 자신만만하게 주먹을 쥐고 말했다.

"선아는 순종적인 여자라서 내 말이면 다 들을 것이오."

정천영과 군중호는 쇠망치로 뒤통수를 호되게 강타당한 표정을 지었다.

"서… 선아?!"

천추각주이며 철혈천추에게 '선아'라니…….

"어험!"

정천영은 진검룡이 당하선의 이름을 부를 정도면 두 사람이 매우 친밀해진 것이라고 판단했다.

그렇다면 이제부터 그가 할 말이 좀 쉬워질 수도 있다.

"자네, 내 말 잘 들어보게."

진검룡은 팔짱을 꼈다.

"해보시오."

＊　　　　＊　　　　＊

그리 길지 않은 설명을 끝낸 정천영은 옆에 있는 군중호와 함께 진지한 표정으로 진검룡을 쳐다보았다.

"할 수 있겠나?"

"어……."

진검룡은 당하선 체내의 고독을 제거해 주는 방법이 설마 그녀와 동침을 하는 것인지는 꿈에도 몰랐었다.

그걸 미리 알았더라면 그녀의 고독을 제거해 주겠다고 선뜻 따라나서지 않았을 것이다.

정천영은 매우 진지한 얼굴로 말했다.

"그런 다음에 자넬 각주의 부군으로 맞이하겠네."

"그럴 수 없소."

진검룡은 단칼에 거절했다.

정천영은 고집스러운 표정을 지었다.

"각주는 자네가 태상문주와 좌호법을 제이, 제삼부인으로 거두는 것을 반대하지 않을 걸세."

진검룡은 어이없는 표정을 지었다.

"지금 무슨 소릴 하는 거요? 누굴 제이, 제삼부인으로 거둔다는 거요?"

"각주를 제일부인으로 그다음에 자네 뜻에 따라서 태상문주와 좌호법을 제이, 제삼부인으로 맞이하는 것을 반대하지 않겠다는 얘기네."

정천영은 크게 선심을 쓰듯이 말했다.

진검룡은 벌떡 일어섰다.

"당신들, 뭔가 착각을 하고 있는 모양인데 나는 선아하고 동침할 생각이 손톱만큼도 없소."

정천영과 군중호는 놀란 표정으로 따라서 일어났다.

"이봐!"

"당신들하고는 이제 끝이오."

진검룡은 자신이 목숨보다 더 사랑하는 민수림을 제이부인으로 맞이할 수 있다는 말을 듣는 순간 눈에 보이는 것이 없을 정도로 화가 났다.

그가 문으로 성큼성큼 걸어가자 정천영이 다급하게 외치듯이 말했다.

"자네, 남창에 영웅문 남창지부를 세우려고 한다면서 자금이 필요하지 않은 건가?"

진검룡은 가볍게 놀라서 뚝 걸음을 멈추었다. 너무 화가 나서 그걸 깜빡 잊고 있었다.

그러나 민수림을 제이부인으로 삼으면서까지 천추각에서 그 자금을 융통하고 싶지는 않았다.

"됐소. 없던 일로 하겠소."

진검룡은 고개를 가로저으며 다시 걸음을 옮겼다.

정천영과 군중호는 진검룡이 일언지하에 딱 잘라서 거절할 줄은 예상하지 못했었다.

이 정도 조건이라면 부처님이라고 해도 한 번쯤 군침을 흘릴 만큼 유혹적이다.

정천영은 자신의 제안이 거절당했다는 사실에 충격을 받은 듯 급히 그를 따라가면서 외치듯이 말했다.

"자네가 각주와 혼인하면 영웅문은 돈 걱정 같은 것 하지 않아도 되네."

진검룡은 대꾸도 하지 않고 문에 손을 댔다.

그때 밖에서 문이 열렸다.

척!

열린 문 밖에는 당하선이 다소곳이 선 채 진검룡을 바라보며 눈물을 흘리고 있었다.

"선아……."

"가가."

당하선은 실내의 대화를 들었는지 두 눈에 눈물이 가득 고인 채 진검룡을 바라보면서 애처롭게 말했다.

"소녀를 살려주세요. 소녀는 죽기 싫어요……."

당하선의 애원을 보는 순간 진검룡은 그 자리에서 무장이 해제되고 말았다.

그렇지만 그녀를 구해주려면 동침을 해야 한다는 것이 가장 큰 난관이다.

진검룡이 아무 말도 하지 않고 묵묵히 서 있기만 하자 당하선은 그의 품에 와락 안기며 울음을 터뜨렸다.

"으흐흑……! 가가! 혼인을 해주지 않으셔도 돼요……! 소녀를 살려만 주세요. 네……?"

정천영과 군중호는 착잡한 표정으로 진검룡 뒤에 우두커니 서 있었다.

그리고 당하선 뒤 문밖에 서 있는 우순현과 양이랑은 비 오듯이 눈물을 흘렸다.

진검룡으로선 당하선 한 사람만 보면 어떻게 해서라도 그녀의 고독을 제거해서 살려주고 싶다.

하지만 그녀와 동침을 해야 한다는 방법이 진검룡의 발목을 붙잡았다.

당하선에게는 생명이 걸린 일이고 진검룡은 단지 한 차례 동침만 하면 되는 일이라고 한다면 어느 누구라도 그에게 눈 딱 감고 한 번 동침해 주라고 등을 떠밀 것이다.

물론 그게 맞고 옳다. 진검룡이 코를 한 번 푸는 것처럼 간단한 일이 당하선의 생명을 구할 수 있다면 백 번이고 천 번이고 해줘야 마땅하다.

　그런데 그게 말처럼 쉽지가 않다. 당하선에겐 목숨이 걸린 일인데도 진검룡은 그래 까짓것 해줄게 하면서 코를 한 번 푸는 것처럼 호기로울 수가 없다.

　진검룡은 태어나서 이날까지 여자와 동침을 해본 적이 없다. 다시 말해서 숫총각 동정의 몸이다.

　그는 목숨보다 더 사랑하는 민수림이 있으므로 자신의 동정을 그녀에게 바치기를 원한다.

　그래서 어쩌면 진검룡에겐 동정을 잃는 것이 목숨을 잃는 것처럼 여겨질 수도 있을지 모른다.

　고독이 체내에 있다고 해서 꼭 죽어야 하는 것은 아니라는 말을 당하선에게 하는 것은 위로가 되지 못한다.

　정천영 말로는 그녀 체내에 있는 고독, 치정혼인고가 날이 갈수록 강해지는 탓에 지난달 마지막 발작 때에는 군중호와 우순현이 그걸 가라앉히느라 밤새 비지땀을 흘리면서 사력을 다했다고 한다.

　그랬기에 만약 이번 달에 그녀의 고독이 발작을 일으킨다면 감당하지 못할 가능성이 크다는 것이다.

　그런 상황이 닥치면 당하선은 목숨을 보존하기 위해서 아무 남자하고라도 정사를 할 수밖에 없을 터이다.

당하선은 그렇게까지 해서 목숨을 이어갈 여자가 아니다. 그럴 바에는 차라리 자결하고 말 터이다.

아니, 어쩌면 그렇게 해서라도 목숨은 연명할 수도 있다. 하지만 그때부터 그녀의 삶은 피폐해질 것이다. 살아도 산 것 같지 않은 삶이기 때문일 터이다.

매달 목숨을 연명하기 위해서 사랑하지도 않는 남자와 정사를 하는 것은 죽음보다 더한 치욕일 테니까 말이다.

그래서 그녀는 그런 신세가 되지 않으려고 이처럼 애처롭게 진검룡에게 애원하고 있는 것이다.

정천영과 군중호, 우순현은 입을 다물었다. 각주인 당하선이 아무것도 다 필요없으니까 그저 살려만 달라고 하면서 진검룡에게 매달려 애원하는 광경을 보고 대체 무슨 말을 더할 수 있다는 말인가.

진검룡은 바보가 아니기에 조금만 생각을 해보면 그런 것들을 두루 짐작할 수가 있다.

그로서는 물러설 곳이 없다. 혼인을 해달라는 것도 아니고 단지 한 번 동침만으로 목숨을 살려달라고 애원하는 당하선을 보면서 그는 딱 잘라서 거절하지 못하고 난감한 표정으로 한숨만 푹푹 쉬고 있을 뿐이다.

대관절 동정이 뭐라고 그것만은 꼭 민수림과의 첫날밤에 상실하고 싶은 마음이 간절했다.

정천영은 자신이 지나치게 욕심을 부렸다는 사실을 깨닫고 마음이 바닥에 달라붙을 것처럼 착잡하게 가라앉았다.

그가 보기에 진검룡은 당하선을 사랑하지 않을뿐더러 돈에도 전혀 욕심이 없는 것 같았다.

그런 그에게 당하선과 동침해서 그녀를 제일부인으로 맞이하라고 마치 선심이라도 쓰는 것처럼 큰소리 떵떵 쳤으니 그의 기분이 틀어지는 것이 당연했다.

그래서 정천영은 진검룡이 단칼에 거절하고 찬바람을 일으키면서 떠나려고 하는 것이 자신의 실수 때문인 것 같아서 마음이 무엇보다도 무거웠다.

진검룡은 자신이 바보 같다는 생각이 들었다. 마음 같아서는 당하선의 부탁을 들어주고 싶었다.

그렇지만 동정을 민수림에게 바쳐야 한다는 생각이 계속 그를 괴롭혔다.

"가가……"

당하선은 그의 가슴에 묻었던 얼굴을 들고 그를 말끄러미 올려다보았다.

그녀는 아무 말도 하지 않았으나 수많은 의미를 담은 눈빛이 진검룡의 마음에 고스란히 각인되었다.

진검룡의 눈동자가 가랑잎처럼 흔들렸다.

당하선의 바들바들 떠는 떨림이 그에게 전해졌다.

'내가 이렇게도 못난 놈이었는가?'

진검룡은 점차 현실을 인정하기 시작했다.

당하선은 목숨을 걸고 있는데 그는 동정을 민수림에게 바치지 못하는 것을 두고 안타까워하고 있다니 이제야 자신이 못났다는 생각이 파도처럼 엄습했다.

그는 두 손으로 당하선의 어깨를 잡고 거칠게 떼어냈다.

확!

"아……."

그는 놀라는 당하선에게 전음을 했다.

[선아, 네 방이 어디냐? 앞장서라!]

*　　　　*　　　　*

당하선이 자신의 방에서 기다리고 있는 동안 진검룡은 정천영에게 치정혼인고를 제거하는 방법에 대해서 배웠다.

그가 설명을 딱 한 번 듣고 일어서자 정천영이 화들짝 놀라서 붙잡았다.

"몇 번 더 듣고 가게."

"다 외웠소."

정천영은 못 미더운 표정을 지었다.

"한 번 듣고 다 외웠다는 말인가?"

진검룡은 문으로 걸어가면서 나직이 경고하듯 말했다.

"선아 방 근처에는 얼씬도 하지 마시오. 무슨 기척만 감지하면 바로 튀어나올 테니까."

"알았네."

동이 트기 직전에 진검룡은 당하선과의 일을 끝마쳤다.

진검룡은 침상에 누워서 얼굴까지 이불을 덮고 있는 당하선을 남겨둔 채 옷을 입고 밖으로 나왔다.

그는 왼손 주먹을 꼭 쥔 채 옷을 입을 때도 펴지 않았는데, 그의 손안에는 당하선 체내에서 뽑아낸 치정혼인고가 있기 때문이다.

탁!

그가 나가고 문 닫히는 소리가 나자 당하선은 곧 이불을 걷고 얼굴을 내밀어 문 쪽을 바라보았다.

해맑간 얼굴로 문을 응시하던 그녀는 조심스럽게 침상에서 내려와 옷을 입었다.

*　　　*　　　*

정천영 등은 뜬눈으로 밤을 지새면서 탁자에 둘러앉아 오랫동안 입을 다물고 있었다.

이들 세 사람이 있는 곳은 진검룡과 당하선이 동침하고 있는 전각에서 이십여 장 거리에 떨어져 있다.

진검룡이 얼씬도 하지 말라고 엄포를 놓았기 때문에 멀찌감치 떨어진 곳에서 꼼짝도 못 하고 있는 것이다.

정천영과 군중호가 아무리 공력을 극한으로 끌어올려서 청력을 돋우어도 진검룡과 당하선이 있는 천추성전(千秋星殿)에서는 아무런 기척도 감지되지 않았다.

이들은 자신이 천추성전을 감지하는 것을 서로에게 드러내지 않으려고 몹시 애썼다.

아무리 좋게 설명을 한다고 해도 그것은 진검룡과 당하선의 은밀한 정사를 몰래 염탐하는 것이므로 옆 사람에게 들켜서 좋을 게 없다.

그렇지만 우순현은 두 사람의 얼굴이 벌게지고 목에 핏대를 세우면서 공력을 끌어올리는 것을 몇 번이나 봤으며 무엇 때문에 그러는 것인지 짐작했지만 모른 체하고 찻잔만 기울이고 있다.

*　　　　*　　　　*

척!

"헉!"

"앗!"

그때 문이 벌컥 열리자 세 사람은 화들짝 놀라서 문을 쳐다보며 소리를 질렀다.

진검룡이 성큼성큼 걸어 들어오는 것을 보고 세 사람은 놀라움과 기대가 섞인 표정을 지었다.

진검룡이 세 사람 앞에 우뚝 멈추자 그들은 뭐라도 알아내려는 듯 그의 모습을 자세히 살펴보았다.

그렇지만 단단하게 굳은 표정인 진검룡에게서는 아무것도 알아낼 수가 없었다.

정천영이 조심스럽게 물었다.

"어찌 됐는가?"

"고독을 제거했소."

세 사람의 표정이 환하게 밝아졌다.

"자네가 고독을 직접 확인했나?"

"그렇소."

"어떻게 확인했나?"

묻기는 정천영이 했지만 군중호와 우순현도 똑같이 궁금한 표정이다.

진검룡은 꼭 쥔 왼손 주먹을 내밀었다.

슥!

"여기에 있소."

세 사람의 시선이 진검룡의 왼손 주먹에 집중됐다.

진검룡은 주먹의 손가락 쪽이 아래로 향하게 탁자에 놓았다가 손바닥을 펴서 들어 올렸다.

그러자 거기 탁자에 손톱 반의반 크기의 검붉은 물체 하나가 놓였다.

세 사람은 서로 박치기를 할 것처럼 일제히 상체를 앞으로 숙이며 그 물체를 굽어보았다.

눈도 깜빡이지 않고 자세히 들여다보았으나 움직임이 전혀 없어서 그저 검붉은 콩 한 알 같았다.

정천영이 그 자세에서 고개만 진검룡에게 돌려서 물었다.

"이게 고독 맞나? 어째서 움직이지 않지?"

"제압해서 그런 것이오."

"고독을 제압해? 어떻게?"

"무형지기를 씌워놓았소. 약간의 충격을 주어 무형지기를 없애면 고독이 움직일 것이오."

진검룡은 몸을 돌려 문으로 걸어갔다.

"고독을 빼냈으니까 내 할 일은 다 했소. 그만 가겠소."

"이건 어떻게 하지?"

정천영이 급히 물었다.

"불로 태우면 죽을 거요."

정천영은 진검룡을 이대로 보내면 안 된다고 생각했지만 그를 붙잡을 명분이 생각나지 않았다.

진검룡이 방을 나가면서 말했다.

"봤으니까 그걸 불태우도록 하시오."

탁!

진검룡이 나갔지만 아무도 움직이지 않고 콩처럼 생긴 고독을 뚫어지게 주시했다.

문득 정천영과 군중호가 서로를 쳐다보았다.

우순현이 말했다.

"어서 불태워요."

정천영이 고독을 향해 손을 뻗었다.

"그 전에 고독이 맞는지 확인부터 합시다."

문득 우순현은 불길한 예감이 들었다.

"그 사람이 거짓말했을 것 같아요? 어서 불태워요."

그때 군중호가 고독에 재빨리 손가락을 뻗는가 싶더니 어느새 가볍게 눌렀다.

투우…….

그러자 뭔가 터지는 듯한 음향이 작게 들렸다. 그뿐이다. 아무런 변화도 일어나지 않았다.

정천영과 군중호의 얼굴이 찌푸려졌다.

"이게 뭐야?"

"속았군."

그때 검붉은 콩이 미미하게 꿈틀! 하고 움직였다.

"아…….'

누군가의 입에서 탄성이 흘러나왔다.

다음 순간 검붉은 콩, 아니, 고독이 빛처럼 빠르게 위로 튀어 올랐다.

슈우!

"악!"

우순현이 뾰족한 비명을 터뜨렸다.

진검룡은 우순현의 비명 소리를 들었지만 모른 체했다.

아니, 비단 모른 체할 뿐만 아니라 걸어가던 걸음을 갑자기 경공으로 바꿔서 몸을 날렸다.

휘익!

그는 천추각 밤하늘로 순식간에 아스라이 사라져갔다.

"아아……."

우순현은 창백한 안색으로 자신의 목을 두 손으로 움켜잡고 중얼거렸다.

"어쩌면 좋아요… 고독이 입속으로 들어갔어요……."

"정말이오?"

"어서 입을 벌려보시오!"

정천영과 군중호는 소스라치게 놀라서 우순현에게 달려들며 떠들어댔다.

우순현은 급히 바닥에 가부좌로 앉아서 운공을 시작했다. 운공으로 고독을 몰아내려는 것이다.

정천영과 군중호는 옆에 서서 초조한 표정으로 발을 동동 구르면서 지켜보았다.

두 사람은 설마 고독이 우순현의 입속으로 들어갈 줄은 전혀 예상하지 못했다.

그렇게 일각쯤 지나자 우순현은 운공을 끝냈는데 안색이

백지장처럼 새하얗게 질렸다.

"아아… 운공으로 안 돼요. 더 깊이 들어갔어요……."

"더 깊이 어디로 들어갔다는 것이오?"

"우리가 돕겠소. 고독이 어디에 있는지 말하시오."

우순현은 군중호를 원망하듯이 쏘아보았다.

"전광신수 말대로 고독을 그냥 불태울 것이지 왜 무형지기를 깨뜨려 가지고 이런 낭패를 만들었나요?"

"미… 안하오."

우순현은 착잡한 얼굴에 눈물을 주르륵 흘렸다.

"이제 어쩌면 좋아요……."

정천영과 군중호는 잠시 침묵을 지키고 있다가 조심스럽게 말했다.

"내가 현 매를 책임지겠소."

"나와 혼인합시다, 우호법."

정천영과 군중호는 동시에 그렇게 말해놓고서 움찔하며 서로를 쳐다보았다.

정천영이 군중호를 꾸짖었다.

"군 형 때문에 현 매에게 고독이 주입됐는데 혼인하자는 말이 나오는 것이오?"

군중호는 착잡하게 말했다.

"나 때문에 우호법이 고독에 중독됐으니까 내가 책임을 지겠다는 것이오."

"절대 그런 일은 없을 것이오."

"어째서 그렇게 말하는 것이오?"

정천영은 어금니를 깨물더니 힘 있게 말했다.

"나는 오래전부터 현 매를 사랑하고 있었소."

"나도 사랑하오. 그래서 책임지겠다는 것이오."

사실 이 두 사람은 오래전부터 우순현을 짝사랑하고 있었다.

그 사실을 세 사람 다 알고 있었지만 겉으로 드러낸 것은 지금이 처음이다.

그때 문이 벌컥 열리고 진검룡이 들어왔다.

세 사람은 놀라서 그 자리에 얼어붙었다.

"엇?"

"아!"

진검룡은 문 안으로 한 걸음 들어와서 우순현에게 말했다.

"고독을 제거하려면 따라오시오."

우순현은 앞뒤 잴 것 없이 즉시 달려갔다.

정천영과 군중호가 놀라서 버럭 외쳤다.

"이봐! 그러면 안 돼!"

"그러지 마시오! 그건 말도 안 되는 일이오!"

고독을 제거하려면 동침을 해야만 하는데 진검룡이 우순현과 그럴까 봐 소스라치게 놀란 것이다.

                    *   *   *

　당하선은 천추성전을 나서다가 입구로 들어서고 있는 진검
룡과 우순현을 만났다.

　"아… 당신."

　당하선은 진검룡을 감히 마주 쳐다보지 못하고 얼굴을 붉
히며 당황했다.

　진검룡은 전각 안으로 들어가면서 말했다.

　"우호법이 고독에 중독됐다. 제거해야 하니까 잠시 침실을
빌려다오."

　"우호법이요?"

　당하선은 놀라서 우순현을 바라보았다.

　우순현은 창백한 얼굴에 어쩔 줄 몰라 허둥거렸다.

　"죄송해요. 각주, 좌호법이 갑자기 고독을 깨우는 바람에 그
게 제 입으로 들어갔어요……."

　"어서 들어가요. 저분이 제거해 주실 거예요."

　우순현은 전각 안쪽과 당하선을 번갈아 쳐다보면서 어떻게
해야 할지 결정을 내리지 못했다.

　"제가 어째야 하는 건지 정말……."

　당하선은 머뭇거리는 우순현의 등을 떠밀었다.

　"아무 생각 하지 말고 저분이 시키는 대로만 해요."

"그래도……."

우순현은 각주인 당하선과 동침한 진검룡이 이제는 자신하고 동침을 해야만 하는 사실이 몹시 마음에 걸렸다.

더구나 우순현은 순결한 몸이다. 그녀는 사십삼 세가 되도록 남자와 손 한 번 잡아본 적이 없었다.

사실 그녀는 사랑하지도 않는 진검룡과 동침을 해야 한다는 사실도 걱정이지만 각주의 남자하고 동침을 해야 한다는 사실이 훨씬 더 마음에 걸렸다.

*   *   *

"휴우……."

진검룡은 똑바로 누워 있는 우순현 몸에서 손을 거두며 한숨을 내쉬었다.

그는 왼손 주먹을 들어 보이며 말했다. 그 안에는 고독이 들어 있다.

"이건 아예 없애야겠소."

우순현은 눈을 꼭 감고 있다가 살짝 떴다.

치지이…….

진검룡이 쥐고 있는 왼손 주먹에서 흐릿한 연기가 피어오르는 것이 보였다.

우순현은 그것이 조금 전에 자신의 몸에서 뽑아낸 고독이 삼매진화에 의해서 타는 것이라고 생각했다.

삼매진화 수법은 절정고수 이상이어야 시전할 수 있는데 진검룡은 아무렇지도 않게 펼치고 있어서 우순현을 적잖이 놀라게 만들었다.

우순현은 흐릿한 연기가 사라지는 동안 아래에 앉아 있는 진검룡의 준수한 모습을 눈부신 듯 바라보았다.

그녀에게 있어서 반 시진 전의 진검룡과 지금의 진검룡은 하늘과 땅의 차이가 있다.

반 시진 전의 그는 단지 각주의 생명을 구해준 사람일 뿐이었지만 지금은 우순현 자신의 목숨까지 구해준 은인이다.

사실 진검룡은 우순현과 정사를 하지 않고서도 고독을 제거할 수 있었다.

당하선하고도 정사를 하지 않고 고독을 제거했었기에 가능한 일이었다.

지난밤 자정쯤에 진검룡은 정천영에게서 고독 치정혼인고를 제거하는 방법에 대해서 자세한 설명을 듣고 당하선에게 갔었다.

처음에 그는 당하선과 정사를 하려고 옷을 다 벗고 침상에 그녀와 함께 누웠었다.

그녀와 몸을 포개고 엎드려 마지막 자세를 취하면서 정천영이 설명해 준 고독을 제거하는 방법을 머릿속으로 되새기다가 어떤 생각이 번쩍 떠올랐다.

'고독을 꼭 정사로만 제거해야 하는 것인가?'

그런 의문과 동시에 또 다른 방법이 떠올랐다.

치정혼인고는 암컷이므로 여자의 체내 자궁 속에 깊이 숨어 있는 상태다.

그 고독을 특수한 제거술과 노화순청 이상의 공력으로 무력화시켜서 자궁 밖, 즉, 생식기를 통해서 분출시키는 것이다.

바로 그 부분에서 진검룡은 '어째서 정사를 해야만 하는가'라는 의문이 생겼다.

그리고 잠시 후에 자신의 손으로 정사를 대신할 수 있을 것이라고 편법을 구상해 낸 것이다.

정천영이 가르쳐 준 원래의 방법으로 하면 반 시진이면 될 것을 정사를 하지 않고 손으로 고독을 뽑아내려고 했기에 두 시진이나 걸렸었다.

사실 정천영은 진검룡의 공력이 노화순청보다 세 단계나 높은 등봉조극일 줄은 꿈에도 몰랐었다.

만약 알았더라면 처음부터 정사가 아닌 다른 방법을 가르쳐 주었을 것이다.

물론 치정혼인고가 자궁에 틀어박혀 있기 때문에 외음부를 통해서 배출시킬 수밖에 없는 것은 똑같다.

어쨌든 진검룡은 당하선과 비지땀을 흘리면서 씨름을 한 끝에 간신히 고독을 뽑아낼 수 있었다.

그러는 동안에 당하선을 만신창이로 만들어놓은 것은 두말

할 필요도 없다.

물론 그녀의 몸을 피투성이로 만들었다는 것이 아니라 수십 번의 실패를 거듭하다 보니까 그녀를 심하게 조물딱거릴 수밖에 없었다는 뜻이다.

그런 한 번의 경험이 있다 보니까 두 번째인 우순현에게서 고독을 뽑아내는 일은 별로 어렵지 않았다.

第百十二章

남창을 평정하다

그런데 일단 고독 뽑는 일이 끝났는데도 진검룡은 한 곳에
시선을 고정시킨 채 골똘히 생각에 잠겼다.

그는 당하선에게서 고독을 제거하면서 떡 본 김에 제사를
지낸다는 식으로 아예 임독양맥 소통을 시켜주었다.

사실 그는 자신과 연관이 있는 여자들은 모두 임독양맥을
소통시켜 주었다.

아니, 그건 여자뿐만 아니다. 남녀를 불문하고 자신의 편이
라고 여기는 사람들은 죄다 해주었다.

단순히 그런 관점이지 당하선이 특별히 예쁘다거나 관심이
있어서 해준 것이 아니다.

내 편이 강해져야지만 적인 검황천문을 대적하는 일이 수월해진다는 단순한 논리다.

우순현은 진검룡이 자신의 한 곳을 빤히 주시하자 얼굴이 빨개져서 어쩔 줄을 몰라 했다.

고독을 뽑아내느라 그가 요구하는 자세를 취했더니 민망한 꼴이 돼버렸는데 지금까지는 고독을 뽑는 일에 열중해서 그런 걸 몰랐었다.

그런데 지금 그가 뚫어지게 그곳을 쏘아보고 있으니 우순현으로서는 어찌해야 할지 그저 부끄럽기만 했다.

그렇다고 아직 그가 별다른 말이 없는데 그녀 마음대로 자세를 허물거나 편안한 자세를 취할 수가 없는 일이다.

진검룡은 생각에 잠긴 채로 멍하니 한 곳을 응시하고 있을 뿐이다.

그때 진검룡이 불쑥 물었다.

"이름이 뭐요?"

"우… 순현이에요."

"음, 우 대랑."

"이름을 부르세요."

그녀의 뜻밖의 요구에 진검룡은 가볍게 표정이 변했다.

"이름을?"

"각주 이름도 부르시잖아요……?"

"그건 그렇소."

진검룡은 턱을 쓰다듬다가 물었다.

"공력이 얼마요?"

"······."

진검룡이 화제를 바꾸자 우순현은 의아한 표정을 지으며
입을 다물었다.

진검룡은 미간을 좁혔다.

"그대 임독양맥을 소통시켜 주려는 것이오. 현재 공력이 어
느 정도요?"

"아······."

우순현의 눈이 화등잔처럼 커졌다.

그때 그녀는 진검룡이 절대적인 신처럼 여겨졌다. 당하선에
이어서 자신의 고독을 제거해 준 것으로도 모자라서 이제는
모든 무림인들의 꿈인 임독양맥을 소통시켜 주겠다고 말하지
않는가.

그런데도 우순현은 고집스럽게 입술을 뾰족거렸다.

"제 이름을 불러주세요."

문득 진검룡은 이 기회에 한 가지 의문을 풀고 싶다는 생
각이 들었다.

"왜 이름을 불러달라는 것이오?"

우순현은 깜짝 놀라는 표정을 짓더니 수줍게 말했다.

"저는··· 당신 사람이라는 뜻이에요."

"그대가 내 여자라는 말이오?"

"아니… 그런 뜻이 아니에요. 당신에게 속한 사람인 거예요. 저는, 큰 은혜를 입었으니까요."

사실은 그것보다도 훨씬 크고 깊으며 미묘한 이유가 있지만 우순현은 그걸 다 표현할 재주도 없을뿐더러 구태여 다 말하고 싶지도 않았다.

진검룡은 비로소 부옥령이나 우순현이 자신의 이름을 부르고 또 하대를 하라고 종용하는 이유를 알았다.

"흠, 그런 뜻이었소?"

그에게 속했다면 수하나 아랫사람이라는 뜻이다. 우순현의 고독을 제거해 주고 임독양맥을 소통시켜 주게 되면 수하로 삼아도 괜찮을 것이라고 단순하게 생각했다.

진검룡은 선선히 고개를 끄떡였다.

"알았다, 현아."

우순현은 환한 표정을 지었다.

"고마워요……!"

진검룡은 그녀를 수하 또는 아랫사람이라고 생각하니까 매우 마음이 편해졌다.

우순현이 기쁜 표정으로 조심스럽게 물었다.

"그럼 저는 무어라고 부를까요?"

"글쎄……."

"각주께선 뭐라고 부르시나요?"

"그야 가가라고 하지."

우순현은 얼굴을 붉히면서 도둑질을 하는 심정으로 더듬거리며 물었다.

"그… 럼 저도 그렇게 부르면……."

"그래라."

"아아… 고마워요, 가가……!"

우순현은 너무나도 기뻐서 눈물이 나올 지경이다.

진검룡이 우순현의 다리를 툭 쳤다.

"다리 내리고 오므려라."

"아… 네."

우순현은 화들짝 놀라 시키는 대로 했다.

                    *   *   *

천추각에서의 일을 마친 진검룡이 천향루 객실에 돌아왔을 때에는 동이 터오기 시작했다.

같이 있던 적인결 등은 돌아가고 민수림과 부옥령은 탁자에 엎드린 채 술에 취해서 곤히 잠들어 있었다.

진검룡은 되도록 민수림이 깨지 않도록 조심하면서 그녀를 안아 들었다.

둘이서 도대체 얼마나 마신 것인지 실내에는 술 냄새가 자욱하게 퍼지고 있었다.

부옥령이 깨서 그의 등에 업히며 칭얼거렸다.

"으… 웅… 주인님… 나 업고 가요……."

진검룡은 빙그레 미소 지으며 방을 나갔다.

"가서 자자. 피곤하다."

그가 나가자 양이랑이 달려와서 허리를 굽혔다.

"대협, 천추각에서 머무시라는 각주의 말씀이십니다."

진검룡이 민수림을 안고 부옥령을 업은 채 천향루에서 천추각으로 통하는 문을 나서자 당하선과 우순현이 나란히 서 있다가 공손히 허리를 굽혔다.

"가가, 처소를 마련해 놓았어요. 소녀가 안내할게요."

진검룡은 고개를 끄떡였다.

"웅, 어디냐?"

"천추성전이에요."

"거기는 너의 거처가 아니냐? 우리가 같이 쓰면 불편하지 않겠느냐?"

당하선은 얼굴을 붉히면서 그를 곱게 흘겼다.

"무슨 그런 말씀을……."

앞에서 안내하고 있는 우순현은 무심코 뒤돌아보다가 당하선을 보고는 조금 놀라는 표정을 지었다.

우순현은 당하선이 다른 사람을, 그것도 남자를 곱게 흘기는 모습을 처음 보았다.

천추각주 당하선의 거처인 천추성전은 이 층이며 둘레가

백오십여 장에 이를 정도로 웅장했다.

진검룡은 이 층의 가장 크고 좋은 방으로 안내되었다. 그 방에는 두 개의 커다란 침상이 뚝 떨어져서 놓여 있었다.

당하선은 진검룡이 민수림과 부옥령을 침상에 내려놓는 모습을 보면서 말했다.

"침상을 하나 더 가져오라고 하겠어요."

당하선이 따라온 양이랑에게 지시하려는데 진검룡이 손을 내저었다.

"됐다. 우린 잘 테니까 그만 가라."

"가가."

진검룡은 민수림과 부옥령을 침상에 똑바로 눕히면서 당하선에게 말했다.

"조양문에 내가 여기에 있다고 알려다오."

진검룡이 민수림과 부옥령 사이에 눕는 것을 보고 당하선과 우순현은 깜짝 놀랐다.

설마 그들 세 사람이 한 침상에서 잘 것이라고는 예상하지 못했었다.

진검룡은 피곤한 듯 늘어지게 하품을 하면서 침상에 누워 있는 두 여자 사이에 자연스럽게 누우며 손을 저었다.

"그만 가라."

당하선과 우순현은 한 침상에 세 사람이, 그것도 진검룡이 두 여자를 양쪽에 두고 같이 누워서 자는 것을 이해할 수 없다는 표정으로 바라보았다.

우순현이 당하선에게 전음을 했다.

[각주, 가십시다.]

당하선은 그제야 정신을 차리고 밖으로 나갔다.

＊　　　　　＊　　　　　＊

이른 아침부터 천향루에 꽤 많은 사람들이 모여들었다.

천향루 일 층 넓은 대전에는 영웅문과 조양문, 새로 개파할 청검문에 속한 인물들이 모여서 웅성거리고 있다.

아까 새벽에 천추각 호위무사가 조양문에 진검룡이 이곳에 있다고 알렸더니 그 즉시 우르르 떼 지어 몰려온 것이다.

이들이 이곳에 도착한 것은 진검룡이 잠자리에 든 지 한 시진밖에 되지 않았을 때였다.

이곳에 모인 사람들은 대체 어떻게 된 일인지 궁금한 표정으로 옆 사람과 수군거리고 있다.

진검룡은 어제 자신들이 구해준 갈의장한과 천향루에서 만날 약속을 했었다.

그리고 천십단 중에 하나인 천추각의 각주 일족이 천향루와 붙은 장원에 살고 있다는 말을 듣고는 남창지부 자금 때문에 겸사겸사해서 나갔었다.

장내의 사람들은 영웅문과 조양문, 청검문의 세 무리로 모여 있으며 작은 소리로 속삭이고 있다.

척!

그때 대전으로 양이랑이 두 명의 호위무사를 이끌고 들어서자 좌중이 조용해졌다.

양이랑은 모두의 시선을 받으면서 낭랑한 목소리로 말문을 열었다.

"모두 저를 따라오세요."

가장 가까이에 있는 청랑이 깐깐한 얼굴로 물었다.

"당신은 누구죠?"

적인결이 대신 말해주었다.

"그녀는 천향루의 독가(지배인)외다."

적인결이 양이랑에게 물었다.

"주군은 어디에 계시오?"

"그분께서 부르십니다."

양이랑은 두 명의 호위무사와 함께 앞장서 안내하면서 내심 적잖이 감탄하고 있는 중이다.

그녀는 조양문 문주 권부익과 검림관주 당재원, 적도방의 당주 등 남창을 대표하는 쟁쟁한 인물들이 진검룡의 수하라는 사실에 놀랐다.

그리고 그들이 뒤따라오면서 한마디도 하지 않는 것에 더 놀랐다.

천향루의 독가로서 산전수전 두루 겪은 양이랑은 다른 문파나 방파의 인물들이 이런 상황에서는 어떻게 행동하는지 잘 알고 있다.

한마디로 그들은 오합지졸처럼 행동하는데 이들은 '주군께서 부르신다'라는 말에 일체 토를 달지 않고 묵묵히 따라오고 있는 것이다.

영웅문 외문총당주 풍건과 훈용강, 권부익, 당재원, 소소, 적인결 등은 나름대로 내심 적잖이 감탄하고 있었다.

어제 저녁에 갈의장한을 만나고 천추각에 자금을 얻어보겠다고 나간 진검룡 일행이 밤새 돌아오지 않아서 걱정했었는데 이제 보니까 그는 천추각에 버젓이 앉아서 수하들을 부르고 있지 않은가.

영웅문 사람들은 진검룡의 이런 기행이 한두 번이 아니라서 대수롭지 않은 일이지만 조양문이나 청검문, 적도방 사람들은 신선한 충격을 받았다.

양이랑은 넓은 회의실 같은 곳으로 일행을 안내했다.

"앉으세요. 곧 나오실 거예요."

커다란 타원형의 탁자에는 산해진미의 갖가지 요리들이 가득 차려져 있었다.

양이랑이 앉으라고 했지만 아무도 앉지 않았다.

양이랑은 문을 닫지 않고 활짝 열어놓고 그곳을 떠났다가 잠시 후에 돌아왔다.

그녀는 문 바깥에 서서 공손히 아뢰듯이 말했다.

"대협께서 오십니다."

그러자 모두들 일사불란하게 문 쪽으로 나가서 두 줄로 길게 늘어섰다.

저벅저벅……

잠시 후 어지럽게 발소리가 나더니 선두에 진검룡이 싱글벙글 웃으면서 나타나 안으로 들어섰다.

그는 환하게 웃으며 손을 들어 모두에게 알은척을 했다.

"오! 왔나? 아직 식전이지?"

풍건을 비롯한 모두들 공손히 허리를 굽히며 나지막이, 그러나 우렁차게 외쳤다.

"주군을 뵈옵니다!"

뒤에 서 있는 당하선과 우순현, 정천영, 군중호 등은 그들의 당당한 위세에 적잖이 놀라는 표정을 지었다.

영웅문주 전광신수가 소문으로만 쟁쟁한 것이 아니었다. 그는 마치 동녘 하늘에서 힘차게 솟아오르고 있는 시뻘건 태양처럼 찬란했다.

진검룡은 웃으면서 고개를 끄떡였다.

"하하하! 모두 앉아서 아침 식사 하자!"

양이랑이 앞서 상석으로 진검룡을 안내했다.

진검룡이 양이랑 뒤를 따르자 기다렸다는 듯이 청랑과 은조가 그의 양옆에 붙어서 작은 소리로 종알거렸다.

"주인님 걱정 때문에 한숨도 못 잤어요."

"저희도 같이 왔었으면 좋았잖아요."

진검룡은 벙긋 웃었다.

"그래. 다음부터는 같이 다니자꾸나."

*   *   *

양이랑은 상석에 진검룡이 앉고 그 좌우에 민수림과 당하선을, 그리고 그녀들의 옆에 부옥령과 우순현이 앉도록 사전에 자리를 배치했었다.

이윽고 진검룡이 상석에 앉자 양이랑은 재빨리 당하선을 그의 왼쪽에 앉히려고 했다.

그런데 그보다 빨리 부옥령이 그 자리에 앉았다.

하지만 부옥령은 양이랑이 그 자리에 당하선을 앉히려고 하는 줄 몰랐었다.

그렇다고 해서 양이랑이 나서서 뭐라고 한마디 할 수 있는 처지가 아니다. 한마디는커녕 서둘러 그곳에서 나가야 하는 상황이다.

그런데 양이랑이 나가면서 보니까 당하선은 물론이고 우순현조차도 자리에 앉지 못하고 엉거주춤 서 있다.

진검룡 좌우에 앉은 민수림과 부옥령 양옆에는 청랑과 은조가 앉아버렸기 때문이다.

물론 천추각 사람들은 청랑과 은조가 누군지 모른다. 그저 영웅문 사람이겠거니 짐작할 뿐이다.

결국 사람들이 탁자 둘레에 다 앉았는데 천추각 사람 네 명만 우두커니 서 있을 뿐이다.

그러나 정작 천추각 사람들은 이제부터 영웅문 사람들에게 인사를 할 것이기 때문에 자리에 대해서는 개의치 않았다.

말주변 좋은 정천영이 나섰다.

정천영은 좌중을 향해 두루 포권을 하면서 넉살 좋은 표정으로 말했다.

"불초는 정천영이라고 하오. 천추각에서는 태상장로직을 맡고 있소."

진검룡은 정천영이 천추각하고는 관계가 없는 줄 알았는데 그가 태상장로였다는 것은 조금 전에 알게 되었다.

하긴 최초에 천추각이 태동하는 데 큰 역할을 한 그가 천추각에 관여하지 않는다는 것은 이상한 일이다.

진검룡과 민수림, 부옥령이 자는 동안 천추태후 당하선을 비롯한 천추각 사람들은 자지 않고 자신들의 미래에 대해서 긴밀한 회의를 했었다.

그리고 그들은 하나의 결론을 내렸다. 천추각이 영웅문 휘하로 들어가기로 말이다.

당하선과 우순현이 강력하게 주장한다고 해서 정천영이 선

선뜻 찬성했을 리가 없다.

그들은 나름대로 수없이 주판알을 튕기면서 이해득실을 따져보았다.

물론 당하선과 우순현은 천추각이 영웅문 휘하에 들어가는 것과 홀로서기를 하는 것 중에서 어느 것이 나은지를 곰곰이 생각해 보았다.

그렇지만 그녀들은 그 문제에 대해서는 정천영과 군중호처럼 냉정할 수가 없었다.

그녀들은 이미 마음이 진검룡에게 완전히 기울어져 있기 때문이었다.

두 여자는 진검룡과 정사만 하지 않았을 뿐이지 정사에 버금가는, 아니, 그보다 더한 신체적 접촉을 했었다.

더구나 그가 고독을 제거해 주었을 뿐만 아니라 임독양맥의 소통이라는 엄청난 은혜까지 베풀었으니 그를 하느님처럼 우러러보는 것이 당연한 일이다.

군중호는 이유야 어찌 됐든 자신이 당하선 체내에 고독을 심었다는 막중한 죄를 지었기 때문에 아무 말도 하지 못하고 무조건 당하선의 뜻에 따르기로 작정했다.

하지만 정천영의 고민은 길지 않았다. 그는 최초에 당하선에게 장사 밑천만 대주었을 뿐이지 오늘날의 천추각을 성장시키고 이끈 사람은 당하선이다.

정천영이 봤을 때 그녀는 장사에 대해서만큼은 천부적인

재능을 지니고 있었다.

다만 정천영은 당하선과 우순현이 너무 갑자기, 그리고 깊이 진검룡에게 푹 빠진 것이 아닌지 염려가 됐다.

정천영은 두 여자가 진검룡과 정사를 했기 때문에 그러는 것이라고 생각했다.

당하선과 우순현은 자신들에게 일어난 일에 대해서 아직 정천영과 군중호에게 말해주지 않았다.

비밀을 지키려는 것이 아니라 그저 남자들에게 세세히 설명할 내용이 못 되기 때문이다.

중인은 천추각 태상장로라는 정천영을 관심 있는 표정으로 주시했다.

정천영은 항주의 십엽루가 영웅문 휘하에 자진해서 들어갔다가 지금은 어떻게 됐는지 잘 알고 있다.

십엽루는 영웅문으로부터 완벽한 보호를 받고 있는 덕분에 사업이 날로 번창하여 현재는 예전에 비해서 세 배 정도 덩치가 커졌으며 수익은 다섯 배나 불어났다.

십엽루가 영웅문에 운영자금을 대고 있지만 그것은 십엽루가 벌어들이는 막대한 돈의 십분지 일에 불과할 뿐이다.

사업은 투자를 잘해야지만 성공한다. 십엽루가 영웅문 휘하로 들어간 것은 투자였다.

그래서 정천영은 심사숙고 끝에 천추각이 영웅문 휘하에 들어가는 것이 여러모로 좋겠다는 결론을 내렸다. 그것이 이곳에 오기 반 시진 전의 일이다.

정천영은 두 손으로 정중하게 당하선을 가리켰다.

"이분은 천추각주이신 천추태후시오."

"아……!"

"오……!"

좌중에서 경탄성이 터져 나왔다.

중인들은 설마 천추태후가 이 자리에 몸소 나올 줄은 예상하지 못했었다.

당하선은 우아한 자태로 포권을 하며 가볍게 고개를 숙여 인사했다.

"당하선이에요. 천추각은 지금 이 시간부터 영웅문 휘하에 들어가겠어요."

중인은 너무 경악하는 바람에 이번에는 경탄성조차도 내지르지 못했다.

천십단 중에 하나이며 강서성 상권을 지배하고 있는 천추각이 제 스스로 영웅문 휘하에 들어오겠다니, 중인은 자신들의 귀를 의심했다.

정천영은 우순현과 군중호를 소개했다.

"이들은 본 각의 좌우호법이오."

우순현과 군중호가 포권을 하고 제 이름을 밝혔다.

"우호법 우순현이에요."

"좌호법 군중호외다."

하지만 중인은 그들의 말이 귀에 들어오지 않았다. 천십단의 하나인 천추각이 영웅문 휘하에 들어오겠다고 선언한 엄청난 충격 때문에 정신이 반쯤 나간 상태다.

모두의 시선이 당하선에게서 진검룡에게 옮겨 갔다. 그가 도대체 어떤 수완을 부렸는지 궁금했다.

진검룡은 팔짱을 낀 채 빙그레 미소를 머금은 여유 있는 모습이다.

중인은 천추각이 영웅문에 들어오는 것에 대해서 진검룡이 뭐라고 말을 해주기를 바랐지만 그는 웃으면서 지켜보기만 할 뿐이다.

그때 부옥령이 풍건에게 말했다.

"총당주부터 자기소개를 해요."

풍건이 일어나서 자신을 소개하고 앉자 그 옆에 앉은 훈용강부터 한 명씩 차례로 일어나서 자신을 밝혔다.

당재원과 그와 동행한 적도방 당주였던 현철부, 종평의 인사를 끝으로 소개가 끝나자 진검룡이 당하선과 우순현에게 미소 지으며 고개를 끄떡였다.

"이제 앉아서 밥 먹자."

중인들은 진검룡이 당하선과 우순현에게 거침없이 하대를 하는 것을 보고 적잖이 놀랐다.

그러면서 과연 두 여자가 어떤 반응을 보일지 궁금했는데 그녀들은 공손히 대답을 하고는 조심스럽게 은조 옆자리에 않는 것이 아닌가.

영웅문 사람들인 풍건이나 훈용강, 청랑, 은조는 그다지 놀라지 않았다.

진검룡은 예전에 이보다 더 놀라운 일들을 여러 번 보여주었기 때문에 이 정도 일은 그다지 놀랄 일이 못 된다.

한마디로 진검룡 때문에 놀라는 일에는 어느 정도 이력이 났다는 얘기다.

그러나 진검룡에 대해서 잘 모르는 조양문주 권부익과 당재원, 소소, 적인결 등은 새삼스러운 표정으로 진검룡을 다시 쳐다보았다.

도대체 진검룡이 어떻게 했기에 하룻밤 사이에 천추각주를 수하로 거두었다는 말인가.

두뇌가 뛰어난 소소라고 해도 그것에 대해서는 짐작조차 할 수가 없었다.

천하에 대해서 무불통지인 적인결조차도 천추각에 대해서는 천향루 옆에 천추각주 일족이 살고 있을 것이라는 정도만 알고 있을 뿐이었다.

더구나 얼마나 어이가 없느냐면 적인결은 천추각주가 남자이며 그의 부인이 다섯 명인 것으로 알고 있었다.

하지만 부옥령은 천추각주가 천하삼태후 중 한 명인 천추태후라는 사실을 알고 있었다.

천하 무림의 지식에 대해서만큼은 부옥령이 적인결보다 많이 알고 있는 것이 아니라 꼭 필요하고 실속 있는 사실들만 정확하게 알고 있는 것이다.

그 반면에 적인결은 잡다한 것들까지 두루 알고 있다는 것이 다르다.

＊　　　　　＊　　　　　＊

아침 식사 후에 진검룡은 회의실로 자리를 옮겼다.

민수림은 지난밤에 과음을 해서 숙취가 심한 탓에 쉬겠다면서 침실로 갔다.

지난밤에 민수림과 짝짜꿍이 되어 통음을 한 부옥령도 숙취가 심하기는 마찬가지였다.

그러나 진검룡 곁에 민수림이 없는데 자신마저 떠나면 안 될 것 같아서 자리를 지켰다.

회의실에도 커다란 타원형의 탁자가 놓여 있으며 진검룡이 자리에 앉자 부옥령이 그의 왼쪽에 앉았다.

청랑과 은조는 식사할 때나 술 마실 때 말고는 자리에 앉지 않는다. 지금도 그녀들은 진검룡 뒤에 나란히 서 있다.

영웅문 사람들이 진검룡 가까이에서부터 좌우에 차례로 앉자 누가 시키지도 않았는데 그다음에 조양문과 당재원 일행, 그리고 천추각 사람들이 앉는 상황이 됐다.

우순현과 정천영, 군중호는 당하선이 먼저 앉기를 기다리며 그녀를 쳐다보았다.

당하선은 앉기 전에 진검룡을 바라보며 살포시 아름다운 미소를 지었다.

그녀는 그저 무의식적인 행동이었는데 진검룡은 그렇게 받아들이지 않았다.

"선아, 여기에 앉아라."

진검룡이 자신의 오른쪽 자리 즉, 민수림 자리를 가리키며 당하선을 불렀다.

당사자인 당하선은 물론이고 모두들 깜짝 놀라서 그녀를 쳐다보았다.

달리 놀란 것이 아니라 진검룡이 천추각주의 이름을 거침없이 불렀기 때문이다.

진검룡이 당하선에게 하대를 하는 것은 알았지만 설마 이 정도까지일 줄은 예상하지 못했었다.

그런데 부름을 받은 당하선은 불쾌한 표정은 전혀 없고 반대로 네! 하고 종달새처럼 명랑하게 대답하고는 나비처럼 팔랑팔랑 진검룡에게 날아갔다.

정천영과 군중호는 묘한 표정으로 그 광경을 지켜보았다.

두 사람은 진검룡이 당하선, 우순현과 정사를 하여 고독을 제거했다고 철석같이 믿고 있다.

진검룡이나 당하선, 우순현이 아무 말도 해주지 않았으므로 그렇게 믿을 수밖에 없다.

그런데 단지 고독을 제거하기 위해서 의무적으로 정사를 했을 뿐인 그들 일남이녀가 기대했던 것보다 지나칠 정도로 친밀해진 것 같아서 그것이 정천영과 군중호의 마음을 싸아하게 만들었다.

이렇게 될 것이라고는 전혀 예상하지 않았었기에 그런 마음이 더했다.

그때 우순현이 진검룡을 바라보았다. 별다른 뜻이 있어서 그런 것이 아니라 당하선이 진검룡 옆에 앉는 것이 부러워서 무심결에 바라보았을 뿐이다.

그런데 진검룡이 우순현에게 미소 지으며 고개를 끄떡였다.

"현아, 너도 이리 오너라."

"앗!"

우순현은 너무 기쁜 나머지 내심의 외침이 밖으로 튀어나와 버리고 말았다.

그러나 정천영과 군중호는 조금 전보다 더 놀랐다. 이십오 세인 당하선은 젊으니까 진검룡이 이름을 부르는 걸 이해할 수 있다고 해도 사십삼 세의 우순현까지 이름을 부르자 황당한 기분이 들었다.

제아무리 가까운 사이가 된다고 해도 진검룡이 정천영과 군중호에게 '영아' 혹은 '호야'라고 부르지는 못한다. 남자끼리는 절대로 그럴 수가 없다.

그러나 남녀관계에서는 그런 게 충분히 가능한 일이다. 왜 냐하면 남녀상열지사(男女相悅之詞)라는 것이 있어서 수많은 변수가 일어나기 때문이다.

말하자면 남자와 남자의 관계는 앞날을 몇 년 후까지 예측할 수 있어도 남자와 여자의 관계는 불과 일각 후에 무슨 일이 벌어질지 조금도 예측할 수 없다는 것이다.

마음이 맞는 남자와 남자 간에는 오로지 하나 우정 외에는 일어날 일이 없지만 남녀 사이에는 수만 가지 일들이 일어날 수가 있다.

원래 진검룡 오른쪽에는 의자가 하나뿐이었으나 양이랑이 재빨리 의자 하나를 갖다 놓아 그곳에 당하선과 우순현이 나란히 앉을 수 있게 해주었다.

모두의 앞에 향긋한 차가 한 잔씩 놓인 후에 진검룡이 좌중을 둘러보며 조용히 말했다.

"천추각을 본문 총무전 휘하에 두겠다."

총무전은 영웅문의 살림을 도맡고 있는 조직이고 우두머리 총무장은 유려가 맡고 있다.

항주 십엽루의 재력 부분은 따로 떼어서 총무장이 관리하고 무력 부분은 현수란이 이끌고 영웅문 외문 휘하에 십엽당으로 편입했었다.

진검룡의 말이 이어졌다.

"이제부터 본문이 천추각을 보호할 것이며 천추각은 최초에 은자 오천만 냥을 내고 이후 매월 은자 천만 냥씩을 내는 것으로 하겠다."

은자 오천만 냥으로 조양문 일대의 드넓은 땅을 사들여서 거대한 건축물을 짓고 그곳에 청검문이 입주하여 영웅문 남창지부를 연다는 계획이다.

第百十三章

통위대(統衛隊)

말을 마치고 그는 당하선을 쳐다보았다.

"어떠냐?"

그 말에 당하선은 입술을 살짝 깨물고 잠시 고민하다가 결심한 듯 말했다.

"가가, 드릴 말씀이 있어요."

천추태후가 진검룡을 '가가'라고 호칭하자 중인들은 놀라면서도 묘한 표정으로 쳐다보았다.

원래 여자는 남편이나 정인, 그리고 매우 친밀한 관계의 손위의 사내에게 '가가'라고 부른다.

'가가'라는 호칭 때문에 부옥령의 아미가 살짝 찌푸려지는 것을 발견하지 못한 당하선이 말을 이었다.

"천추각이 영웅문 휘하에 들어간다는 것은 천추각이 영웅문 소유물이 된다는 뜻이에요."

"음?"

그런 말은 십엽루주인 현수란도 한 적이 없었다.

십엽루가 예전에 비해서 세 배 이상 거대해졌다고 해도 천추각이 십엽루보다 다섯 배는 규모가 더 클 것이다.

당하선은 그런 천추각을 털도 뽑지 않고 통째로 영웅문에 두 손으로 바치고 있는 것이다.

정천영은 움찔했으나 나서지 않고 잠자코 듣기만 했다. 그는 이날까지 당하선이 결정한 일에 참견을 한 적이 거의 없었다. 그녀를 그만큼 신뢰하기 때문이다.

중인들은 크게 놀라고 긴장해서 숨을 죽인 채 당하선의 다음 말을 들었다.

"소녀는 십여 년 동안 천추각을 이끌면서 이만큼 성장시켰으므로 천하상계에 대해서는 더 이상 욕심이 없어요."

중인들은 조용히 그녀의 말을 들었다.

"그러니까 가가께서 천추각을 받아주시고 그 대신 소녀의 청 하나를 들어주세요."

천하상계에 더 이상 욕심이 없는 것은 정천영도 마찬가지라서 당하선의 말에 이견이 없다.

원래 물욕이 없는 두 사람이라서 천추각을 천십단의 반열에 올려놓았으니 욕심이 있을 리가 없다.

중인들은 지금이 매우 중요한 순간이라서 숨죽이고 진검룡과 당하선을 지켜보았다.

"그렇다면 너의 청이 무엇이냐?"

십엽루보다 다섯 배나 규모가 큰 천추각을 통째로 준다는데도 진검룡은 덤덤한 표정이다.

정천영과 군중호를 비롯한 중인들은 과연 그녀가 무슨 청을 하려는 것인지 궁금해서 지켜보았다.

정천영은 한 가지 가능성을 예상하고 있는 중이다. 당하선이 자신을 진검룡의 여자, 즉, 부인으로 거두어달라고 부탁할지도 모른다는 것이다.

그것은 정천영이 진검룡에게 당하선의 고독을 제거해 달라고 부탁할 때 처음부터 요구했던 일이다.

당하선을 제일부인으로, 그리고 민수림과 부옥령을 제이, 제삼부인으로 맞이하라고 요구했다가 혼쭐이 났었다. 그 때문에 하마터면 당하선을 구하지 못할 뻔했었다.

그러나 당하선의 차분한 목소리가 정천영의 기대를 깼다.

"소녀를 비롯한 천추각 총단의 무사 백여 명을 영웅문 외문에 넣어주세요."

진검룡은 담담한 얼굴로 물었다.

"천추각에는 무사가 얼마나 있지?"

우순현이 대답했다.

"호선(護船)무사 삼천, 호거(護車)무사 이천, 호위(護衛)무사 이천, 천추각 총단고수 백, 도합 약 칠천백 명이에요."

무사의 수가 너무 엄청나서 중인들은 혀를 내둘렀다.

그러나 천추각이 천십단의 하나이며 상단의 수많은 수레와 선단들이 천하는 물론이고 해외 방방곡곡 멀리까지 진출해 있다는 점을 감안한다면 보유한 무사의 수가 칠천여 명이라는 것을 충분히 납득할 수가 있다.

진검룡이 무사의 수가 너무 많아서 허락하지 않을지도 모른다는 생각에 당하선이 급히 말했다.

"소녀는 총단의 호위고수 백여 명만을 말씀드리는 거예요. 칠천 명은 상단을 호위해야죠."

당하선은 말하고 나서 간절한 표정으로 진검룡을 말끄러미 바라보았다.

만약 그가 이 일을 허락할 것인지 말 것인지 고심을 하고 있다면 자신의 이 간절한 눈빛을 봐서라도 제발 허락해 달라는 애타는 심정이 담긴 표정이었다.

그런데 정작 제동을 걸고 나선 사람은 진검룡이 아닌 정천영이었다.

"그건 안 되오."

모두 정천영을 쳐다보았다.

정천영은 난감한 표정을 지으면서 당하선을 가리키며 진검룡에게 말했다.

"안타깝지만 각주께선 영웅문 외문에서 당주를 할 만한 능력에 미치지 못하오."

정천영은 사적인 자리에서는 당하선에게 하대를 하면서 조카처럼 대하지만 지금처럼 공적인 자리에서는 깍듯하게 각주 대우를 했다.

당하선은 실소를 흘렸다.

"그건 태상장로께서 모르시고 하는 말씀이에요."

"무얼 모른다는 말이오?"

"방금 태상장로께서 말씀하신 저의 능력이라는 것은 무공을 가리키는 것이겠죠?"

"그렇소."

당하선은 살짝 미소 지었다.

"죄송한 말씀이지만 태상장로께선 저의 십초식을 받아내지 못할 거예요."

"허어……"

그녀의 말을 듣고는 정천영 얼굴에 어이없다는 표정이 가득 떠올랐다.

그도 그럴 것이 그는 이 갑자 백이십 년 공력이지만 당하선은 팔십 년 정도 공력을 지니고 있어서 외려 그가 오초식 만에 그녀를 제압할 수 있다.

그런데도 저따위 헛소리를 해대니까 정천영으로서는 기가

막히는 것이다.

하지만 그녀가 얼마나 영웅문 외문에 들어가고 싶으면 저렇게까지 하겠는가 하고 생각하니 안쓰럽기도 했다.

정천영은 당하선이 영웅문 외문의 당주가 되려고 하는 이유가 오로지 진검룡과 떨어져 있고 싶지 않기 때문일 것이라고 판단했다.

그걸 알기 때문에 심정이 착잡해진 정천영은 술잔을 들어 올리면서 어색한 너털웃음을 터뜨렸다.

"헛헛헛!"

그래도 각주인데 이 자리에서 그녀의 체면을 구길 수는 없는 일이다.

"이거야 원……."

술잔을 입으로 가져가던 정천영은 탁자 맞은편 오른쪽 일곱 자 거리에 앉은 당하선이 자신을 향해 손을 뻗는 것을 발견하고 의아한 표정을 지었다.

"……."

당하선이 그를 향해 손가락 하나를 뻗었다고 여긴 순간 그녀의 손가락 끝에서 아지랑이 같은 흐릿한 기운이 착시처럼 일렁거렸다.

쌔액!

공기가 흔들리며 팽팽하게 당겨진 현이 튕겨진 듯한 소리가 스쳐 지나갔다.

쨍!

"……!"

다음 순간, 정천영이 입으로 가져가다가 멈췄던 술잔이 그대로 박살이 났다.

정천영은 방금 당하선이 손가락을 뻗는 것과 손가락 끝에서 아지랑이가 일렁이더니 무언가 뿜어지는 광경을 똑똑히 목격했다.

그리고 그 직후에 술잔이 깨졌다. 이런 경우 머리에는 한가지 생각밖에 떠오르지 않았다.

"지풍이라니……"

정천영이 알고 있는 한, 당하선은 절대로 지풍을 전개하지 못한다.

지풍이란 최소한 백 년 공력이 있어야지만 흉내라도 낼 수 있었다.

이 갑자 백이십 년 공력쯤 돼야 손가락 끝에서 지풍 비스무리한 바람을 뿜어내서 나무젓가락이라도 분지를 수가 있는 것이다.

정천영은 방금 자신의 눈으로 똑똑히 보고서도 믿어지지 않아서 어이없는 질문을 했다.

"어… 떻게 한 것이오?"

"못 보셨나요?"

당하선은 침착하게 말하면서 다시 오른손 중지로 정천영을 가리키자 그는 부지중 움찔했다.

"엇!"

하지만 그녀는 손가락으로 정천영에게서 두 자쯤 떨어진 탁자에 놓인 술병을 겨누었다.

피잉!

조금 전보다 더 명료한 음향이 허공에 흘렀다.

쩽!

탁자의 술병은 그대로 있고 대가리 부분만 뎅겅 잘라져서 날아가 버렸다.

정천영은 그걸 보고서는 더 이상 당하선이 자신의 오초지적도 못 된다고 생각하지 못하게 되었다.

아니, 거꾸로 자신이 그녀의 오초지적조차 못 될 것이라고 생각했다.

그는 크게 놀라다가 문득 한 가지 의문이 먹구름처럼 피어났다. 당하선이 어떻게 자신을 훨씬 능가할 정도로 고강해졌느냐는 것이다.

그는 문득 당하선 옆에 앉아 있는 우순현이 빙그레 미소 짓고 있는 모습을 보았다.

그녀의 미소는 '어때 놀랐지?'라고 말하는 것 같아서 정천영을 정말 놀라게 만들었다.

정천영의 머리가 빠르게 회전하면서 두 여자에게 무슨 일이 있었을 것이라고 짐작했다.

두 여자는 다 진검룡과 정사를 나누었으며 그 후에 당하선의 공력이 급증했다.

그렇다면 우순현도 공력이 급증했을 가능성이 높다. 그녀도 진검룡과 정사를 했기 때문이다. 그래서 그녀가 지금 미소를 짓고 있는 것이다.

당하선이 지풍을 전개했는데도 우순현이 조금도 놀라지 않는 것이 그 증거라고 할 수 있다.

당하선은 정천영에게 조용히 말했다.

"태상장로께선 아직도 제가 영웅문 외문의 당을 맡을 자격이 없다고 생각하시나요?"

정천영은 얼굴이 조금 뜨거웠지만 당하선이 고강해졌다는 사실에 기분이 좋아져서 빙그레 미소를 지었다.

"아니오. 각주께선 자격이 넘치고도 남소."

당하선은 미소 지으며 가볍게 고개를 숙였다.

"고마워요."

진검룡이 당하선에게 물었다.

"천추호위대는 어떻게 됐지?"

천추각 좌호법 군중호와 당하선을 오랫동안 감시해 온 천추호위대주 안상효가 이끄는 천추호위대 고수 삼십 명을 말하는 것이다.

그 대답은 부옥령이 했다.

"제가 그놈들 다 죽였어요."

그녀는 삼십 명이나 죽었다는 얘기를 마치 쓰레기를 내다 버렸다는 듯이 너무나도 간단하게 말했다.

"오, 잘했다."

그런 점에서 부옥령은 완벽했다. 그녀는 뒤가 미진한 것은 절대로 참지 못하는 성격이다.

"안상효도 죽였느냐?"

"쓸모가 있을지도 몰라서 제압하여 감금했어요."

진검룡이 이번에는 풍건에게 물었다.

"총당주는 천추각주와 백 명을 본문 외문으로 거두는 것에 대해서 어떻게 생각하는가?"

풍건은 공손히 대답했다.

"가능하다고 생각합니다."

당하선과 우순현은 기쁜 표정을 얼굴 가득 떠올렸다.

이럴 때의 당하선과 우순현은 각주와 우호법이 아니라 동료 같은 기분이 들었다.

진검룡은 주위를 둘러보았다.

"그렇다면 누가 선아의 무공을 시험할 거지?"

"제가 할게요."

뒤에 서 있는 은조가 불쑥 나섰다.

당하선은 은조를 조심스럽게 살펴보았다.

은조는 맹수가 먹잇감을 노리듯이 묘한 미소를 머금고 매서운 눈빛으로 당하선을 쳐다보았다.

은조의 눈빛을 접한 당하선은 등골이 섬뜩한 것을 느끼고 부지중 가볍게 몸을 떨었다.

사실 당하선은 평소에 혼자 있을 때면 늘 무공 연마로 시간을 보내지만 가장 중요한 싸움 경험이 전무한 실정이다.

천추각주의 지위에 있다 보니까 누구하고 싸울 일이 전혀 없는 것이다.

그녀가 보기에 은조는 자신과 비슷한 나이지만 산전수전 두루 겪은 대단한 고수 같았다.

더구나 그녀의 표정을 보니 자신에 대해서 좋지 않은 감정을 갖고 있는 것 같아서 더욱 두려웠다.

당하선의 무공을 시험하여 어느 정도 수준인지 알아내는 것은 중요하다.

그때 부옥령이 진검룡에게 공손히 말했다.

"각주의 무위는 제가 나중에 시험하겠어요."

진검룡은 고개를 끄떡였다.

"그렇게 해라."

진검룡은 우순현과 정천영, 군중호를 두루 쳐다보았다.

"당신들은 어떻게 할 거요?"

부옥령이 군중호를 가리키며 말했다.

"주군, 제가 저 사람하고 따로 얘기를 해봐야겠어요."

"알았다."

부옥령이 일어나서 밖으로 나가며 군중호에게 고갯짓으로

따라오라는 동작을 취했다.

정천영은 진지한 얼굴로 진검룡에게 말했다.

"나는 떠나겠소."

그는 천추각 태상장로라는 지위가 있지만 천추각에 붙어 있지 않고 늘 떠돌아다녔었다.

*　　　　　*　　　　　*

진검룡이 넌지시 말했다.

"그 일을 계속할 거요?"

천하의 상단들이 검황천문에 보내는 상납금을 중간에 강탈하는 일을 말하는 것이다.

정천용은 껄껄 웃었다.

"헛헛헛! 송충이가 솔잎을 먹어야지 별수 있겠소?"

"그 일을 좀 체계적으로 해볼 생각은 없소?"

"어떻게 말이오?"

진검룡은 느긋한 표정을 지었다.

"그 일을 그만두라고 하지는 않겠소."

정천영은 조금 짓궂은 표정을 지었다.

"그 일은 내 유일한 취미 생활이오."

두 사람이 말하고 있는 '그 일'이 무엇인지 조양문과 청검문 사람들은 상상조차 하지 못했다.

정천영이 하는 일은 검황천문에 막대한 피해를 주는 일이었다. 권장했으면 했을지언정 진검룡이 그만두라고 막을 일은 아니었다.

그런데 진검룡은 말석에 앉은 소소가 할 말이 있다는 듯 손을 들고 있는 것을 보았다.

"소야, 할 말이 있느냐?"

천하절색 여인만큼 아름답기 그지없는 소소는 화사하게 미소를 지으며 영롱한 목소리로 말했다.

"주군께 건의할 게 있어요."

"말해라."

"주군의 친위대(親衛隊)를 구성하시면 좋을 것 같아요."

"친위대?"

진검룡뿐만이 아니라 모두의 얼굴에 의아한 표정이 떠올랐다.

"나는 호위대가 있잖느냐?"

훈용강 옆에 앉아 있는 영웅호위대주 옥소가 보일 듯 말 듯 고개를 끄떡였다.

소소가 방그레 미소 지었다.

"호위대와 친위대는 달라요."

"웃지 마라."

소소의 미소를 보고 어질어질해진 진검룡이 짐짓 정색을 하자 그는 생글생글 웃었다.

"얘기하지 말까요?"

"알았다. 계속해라."

소소는 자신이 이겼다고 득의해 하지도 않고 말을 이었다.

"호위와 친위는 엄연히 다르죠. 호위는 주군과 주모님을 호위, 즉, 지키는 고수들이고 친위는 주군의 수족이 되어 명령을 이행하는 고수들이에요."

진검룡은 뭔가 알 것도 같고 모를 것도 같은 애매한 표정을 지었다.

"잘 모르겠다."

"호위대가 뭘 하는지는 아시겠죠?"

"그래."

소소는 조금도 서두르지 않고 설명했다.

"친위대는 주군의 수족이라는 말 그대로 주군의 비밀스럽고 은밀한 사적인 일부터 중대한 일까지 두루 귀신처럼 해치우는 별동대를 가리킵니다."

"흠."

소소는 정천영을 보면서 말을 이었다.

"저분이 무슨 일을 하시는지는 모르지만 어쩌면 저분의 일도 친위대가 처리할 수 있겠지요."

탁!

"오라! 그렇구나!"

진검룡은 손바닥으로 무릎을 치며 격절탄상했다. 소소의

설명이 알아듣기 쉬워서 귀에 쏙쏙 들어왔다.

"그러니까 친위대는 내가 할 일을 대신 처리해 주는 내 그림자 같은 것이로구나."

"그렇죠. 똑똑하세요."

"하하하!"

똑똑하다는 말에 진검룡이 기분이 좋아졌지만 다른 사람들은 소소의 말이 건방지다고 여겨 얼굴이 좋지 않았다.

적인결이 그런 분위기를 감지하고 은밀하게 소소에게 전음을 보내 주의를 시켰다.

그런데 그때 전혀 예상하지 않았던 옥소가 가라앉은 목소리로 반대를 표했다.

"구태여 친위대가 필요할까요?"

"음?"

옥소는 소소 쪽은 아예 쳐다보지도 않고 진검룡에게 공손히 말했다.

"주군께선 저희 영웅호위대가 친위대 일까지 다 처리할 수 있을 것이라고 생각하지 않으시나요?"

"그거야……."

진검룡이 고개를 모로 꼬는데 소소가 참견했다.

"호위와 친위는 엄연히 다르……."

"입 다물어라."

옥소가 소소를 쳐다보지도 않고 싸늘하게 중얼거렸다.

소소는 찔끔해서 얼른 눈을 내리깔고 고개를 숙였다.

옥소는 영웅호위대의 대주로서 영웅문 내에서도 서열로 따지면 열 손가락 안에 꼽힌다.

그러므로 아직 영웅문 내에서 자신의 위치조차 갖고 있지 못한 소소에게 옥소는 하늘 같은 존재다.

옥소는 진검룡에게 공손히 말했다.

"친위대의 일은 저희 호위대에서도 할 수 있어요."

"그래?"

"하지만 주군께서 굳이 친위대를 발족하신다면 친위대와 호위대를 통합해 주세요."

처음에 친위대라는 안건을 낸 사람은 소소지만 그것이 뼈와 살이 더해져서 점점 발전하고 있다.

"호오… 그것도 방법이겠구나."

그때 정천영이 말했다.

"혹시 그 친위대라는 조직에 나를 가담시킬 것이오?"

진검룡이 자신을 쳐다보자 소소가 크게 고개를 끄떡였다.

"네. 맞아요!"

정천영은 고개를 가로저었다.

"나는 친위대 같은 것은 별로……."

진검룡이 일침을 가했다.

"하라면 하시오."

"네."

정천영은 짐짓 공손한 자세를 취했다.

그때 문이 열리고 부옥령과 군중호가 들어왔다.

군중호는 검황천문 군림각의 단주라는 신분으로 천추각에 잠입하여 좌호법 지위까지 올라왔었으므로 부옥령은 그것을 바로잡아야겠다고 생각한 것이다.

당연한 결과지만 둘만의 대화에서 군중호는 검황천문과의 관계를 끊고 앞으로는 진검룡과 영웅문, 그리고 당하선에게만 충성하겠다고 맹세했다.

부옥령은 군중호에게서 그런 대답을 듣고서야 이 일을 매듭짓고 다시 돌아온 것이다.

"이렇게 하면 어떨까요?"

부옥령은 원래의 자기 자리에 앉으면서 진검룡에게 자신의 의견을 말했다.

"어떻게?"

"친위대를 창설하는 거예요."

"그래서?"

옥소의 얼굴이 어두워졌다.

부옥령은 찻잔을 들면서 우아하게 미소 지었다.

"호위대와 친위대를 통합해서 통위대(統衛隊)라 하고 통위대 주로 옥소를 삼아요."

"아!"

옥소는 화들짝 놀라서 자신도 모르게 탄성을 터뜨렸다.

부옥령이 옥소를 보면서 눈을 조금 크게 떴다.

"싫은 게냐?"

옥소는 벌떡 일어나서 세차게 고개를 가로저었다.

"아닙니다! 무조건 찬성입니다! 존경합니다! 좌호법님!"

부옥령이 흐뭇하게 미소 짓자 그걸 보고 옥소는 가슴이 울컥해서 눈물이 나올 뻔했다.

부옥령은 좌중을 둘러보다가 나란히 앉아 있는 소소와 적인결에게 시선을 멈추었다.

"저 둘을 통위대에 넣으면 괜찮겠어요."

"그거 괜찮군."

부옥령은 옥소에게 말했다.

"나머지는 옥 대주에게 맡기죠?"

"그래."

진검룡은 부옥령의 말이라면 거절한 적이 없다.

일어서 있는 옥소는 정천영과 군중호를 가리켰다.

"거기 두 명, 통위대에 들어온다."

"알겠습니다."

군중호가 일어나서 정중하게 고개를 숙이면서 대답하는 것에 반해서 정천영은 앉은 채 매우 껄끄러운 표정을 지으며 옥소를 쳐다보았다.

그의 그런 행동이 옥소의 눈에 띄지 않을 리가 없다.

"하지 않겠느냐?"

이십 대 초반의 예쁘장하고 귀때기 새파랗게 어린 옥소가 오십을 바라보는 정천영에게 대놓고 하대를 하자 그는 기분이 영 나빠졌다.

"아가, 너 몇 살이니?"

"감히!"

옥소는 얼굴이 확 굳어져서 정천영을 향해 오른손을 길게 쭉 뻗었다.

드그극…….

다음 순간 정천영의 엉덩이를 받치고 있던 의자가 뒤로 쓰러지면서 그의 육중한 몸이 허공으로 둥실 떠올랐다.

"허거걱!"

그뿐만이 아니라 보이지 않는 무형의 기운이 목을 바싹 조이자 그는 눈앞이 노래지고 머릿속이 텅 비었다.

"끄으윽… 끄으……."

탁자 위 반 장 높이에 둥둥 떠 있는 그는 두 손으로 목을 감싸면서 버둥거렸다.

옥소는 그를 보면서 차갑게 말했다.

"아직도 내가 아가로 보이느냐?"

"끄으으으……."

목이 조이는 바람에 얼굴이 금방이라도 터질 것처럼 퉁퉁 붓고 시뻘겋게 부풀어 오른 정천영은 핏발이 곤두선 눈으로 옥소를 쏘아보았다.

"끄으으… 너 이년……."

슈악! 쿠쿵!

"크으윽……!"

그의 몸이 갑자기 뒤로 숙 날아가더니 등과 뒷머리가 벽에 묵직하게 부딪치며 들러붙었다.

진검룡은 그 광경을 보면서 잠시 내심으로 갈등했다. 평생 떠돌아다니면서 어디에 속하기를 거부해 온 정천영을 과연 이렇게 대하는 것이 옳은가 하는 것이다.

정천영은 천추각의 태상장로라는 신분이면서도 천추각에 붙어 있지 않고 늘 떠돌아다녔다고 한다.

그런 그를 통위대의 일원으로 붙잡아두려는 것 자체가 잘못일 수도 있는 것이다.

하지만 진검룡은 일단 옥소가 하는 대로 지켜보기로 했다.

만약 정천영이 끝까지 굽히지 않는다면 할 수 없이 그를 놔줄 수밖에 없다고 생각했다.

그러니까 이것은 어쩌면 진검룡이 해야 할 일을 옥소가 대신 해주고 있는 것이다.

옥소는 예전 십엽루 시절에는 십엽 중에 이엽으로서 제일 고강한 화엽과 일엽 현수란에 이어 삼인자였었다.

그녀는 평소에는 있는 듯 없는 듯 조용하지만 강단 있는 성격이 한번 발작하면 아무도 말리지 못한다. 그녀는 오로지 진검룡의 말만 듣는다.

싸늘한 표정의 옥소는 벽에 붙은 정천영을 향해 두 손을 뻗어 이리저리 움직였다.

뚜두둑… 뚜각…….

"크으으……."

팔다리가 부러지는 소리가 나자 정천영은 묵직한 신음을 흘리면서 온몸을 부르르 세차게 떨었다.

진검룡은 물론이고 모두들 그 광경을 물끄러미 지켜볼 뿐 아무도 말리지 않았다.

아니, 영웅문 통위대주인 옥소의 행동을 감히 아무도 말리지 못하는 것이다.

만약 여기에서 정천영이 굴복한다면 일은 쉬워진다. 하지만 그가 끝까지 버틴다면 골치 아파진다. 그를 영웅문에 받아들이지 못하기 때문이다.

그러나 옥소가 단지 목을 조이면서 팔다리를 부러뜨릴 것 같은 고통을 주는 것만으로는 정천영을 굴복시키기가 어려울 것이다.

그는 결코 만만한 사내가 아니기 때문이다.

시간이 흐를수록 정천영의 신음이 잦아들고 옥소는 힘겨운 표정을 지었다.

옥소는 정천영을 죽일 생각이 없으므로 그를 벌주는 것은 이쯤에서 끝내야 할 터이다.

그때 부옥령이 흘러내린 머리카락을 쓸어 올리면서 정천영을 향해 무형지기를 발출했다.

그녀의 무형지기는 쏘아가다가 여러 갈래로 쪼개져서 정천영의 온몸 스물일곱 군데를 적중시켰다.

분근착골수법이다.

"끄으으……"

정천영이 신음을 흘리자 부옥령은 다시 무형지기를 발출하여 아혈을 제압했다.

정천영은 차라리 죽는 게 낫겠다는 생각 외에는 아무 생각도 떠오르지 않았다.

저만치 오연히 서서 자신을 쏘아보고 있는 옥소가 조금 전까지만 해도 가소로운 어린 계집아이로 보였는데 지금은 자신의 명줄을 움켜쥐고 있는 절대신으로 여겨졌다.

"……"

그 순간 그의 아혈이 풀렸다.

그는 옥소를 굽어보면서 두 눈에 핏발이 곤두선 눈으로 외치듯이 말했다.

"흐으으… 용서하시오… 잘못했소… 이제 그만합시다……"

"……!"

옥소가 놀라서 눈을 크게 뜨는데 그녀의 귀에 부옥령의 전음이 들렸다.

[뭐 하느냐? 어서 그를 내려라.]

'아……'

옥소는 이번에도 부옥령이 큰 도움을 주었다는 사실을 깨닫고 감읍해서 어쩔 줄 몰랐다.

第百十四章

요천여황(妖天女皇)

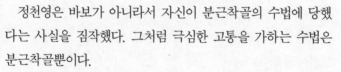

정천영은 바보가 아니라서 자신이 분근착골의 수법에 당했다는 사실을 짐작했다. 그처럼 극심한 고통을 가하는 수법은 분근착골뿐이다.

하지만 그것을 부옥령이 한 줄은 전혀 모르고 옥소가 한 것이라고만 알고 있다.

정천영 정도 되는 인물이 이런 시점에서 가타부타 변명을 늘어놓거나 불같이 화를 내고 이 자리를 나가 버리는 행동을 하는 것은 가당치도 않다.

그러는 것은 소인배들이나 하는 짓이고 그는 절대 소인배가 아니기 때문이다.

정천영이 진심으로 승복하는 이유는 한낱 젖비린내 나는 새파란 계집아이인 옥소가 최상승수법인 허공섭물을 전개하여 그를 곤죽으로 만들었기 때문이었다.

어떤 방면이든지 특히 무공은 고강하면 고강할수록 그것만으로 충분히 존경받아 마땅한 일이다.

정천영은 이날까지 살아오면서 옥소보다 더 고강한 고수를 본 적이 없다.

며칠 전에 진검룡과 민수림, 부옥령을 만났었지만 그들이 초상승무공을 선보이기 전에 정천영은 그 자리를 떠났기에 안목을 넓히지 못했었다.

그래서 정천영은 무공으로 옥소를 인정한 것이다. 그가 보기에 옥소는 절정고수 그 이상의 수준이 분명했다.

정천영은 자리에 앉아서 맞은편에 사선으로 앉은 옥소를 보면서 물었다.

"낭자는 몇 살이오?"

"대주다. 말투는 공경하게 해라."

옥소의 냉랭한 말에 정천영은 불쾌하게 여기지 않고 다시 공손히 물었다.

"대주는 몇 살입니까?"

"스물세 살이다."

사십칠 세의 정천영이 이 시점에서 옥소에게 자신이 아버지뻘이라는 것을 강조한다면 우스운 꼴을 당하게 될 것이지만 다행히 그는 그러지 않았다.

옥소도 그가 아버지뻘이라고 해서 어른 대접을 하지 않았다. 아니, 그녀는 그가 아버지뻘이라는 사실을 인지하지 못하고 있다. 그녀가 보는 것은 무공과 계급, 그것뿐이다.

부옥령은 정천영 옆에 앉아 있는 군중호를 가리키며 진검룡에게 말했다.

"저자는 여기에 남기로 했어요. 주군께 충성한대요."

부옥령은 군중호를 옆방으로 데려가서 대화를 나누어 그런 결론에 도달했다.

군중호가 벌떡 일어나서 의자 옆으로 나왔다가 그 자리에 무릎을 꿇고 이마를 바닥에 댔다.

"주군을 뵈옵니다."

군중호의 이런 행동은 당연하고 자연스러운 것이다. 천추각이 영웅문에 흡수되고 천추각주인 당하선과 좌호법 우순현이 진검룡의 수하를 자처하고 있다면 더 볼 것이 없다.

모두의 시선이 정천영에게 집중됐다. 당하선과 우순현, 군중호가 자신들의 입장을 분명하게 밝혔으므로 지금 상황에서 정천영만 남았다.

부옥령과 당하선, 우순현, 군중호 등은 정천영이 얼마 전까지 진검룡을 동생처럼 대했다는 사실을 잘 알고 있다.

그랬던 그가 과연 부복하고 칭신(稱臣)을 할 것인지 다들 그게 궁금했다.

하지만 정작 당사자인 정천영에게 그런 것은 아무런 문제가 되지 않았다.

까짓 부복쯤이야 열 번도 할 수 있다. 중요한 것은 마음이 아니겠는가.

겉으로 열 번, 백 번 부복하고서도 속으로 굴복하지 않으면 그만인 것이다.

그렇지만 정천영은 내심으로 진검룡에게 탄복하고 또 진심으로 굴복했다.

정천영은 지금까지 살아오면서 진검룡 같은 사내는 한 번도 만난 적이 없었다.

아까 정천영이 떠나겠다고 말한 것은 영웅문에서 자신이 할 일이 없기 때문이었다.

할 일이 생기고 또 누가 잡아준다면 굳이 떠날 이유가 없다.

정천영은 천천히 일어나서 군중호 옆에 섰다가 묵직하게 몸을 숙여 부복했다.

그러고는 그의 착 가라앉은 웅혼한 목소리가 실내를 울렸다.

"주군을 뵈옵니다."

이로써 천추각 일은 일단락됐다. 완전히 영웅문 휘하로 들어온 것이다.

그런데 그때 진검룡의 조용한 목소리가 실내를 자늑자늑하게 울렸다.

"나는 본문에 새 지위를 하나 만들고 싶다."

모두들 진검룡을 주시하고 정천영과 군중호는 여전히 부복한 채 이마를 바닥에 대고 있다.

진검룡의 잔잔한 목소리가 실내를 울렸다.

"장로 제도를 두겠다."

다들 어? 하는 표정을 지었다가 곧 이해할 수 있다는 표정을 지었다.

원래 중소방파는 장로를 두는 제도가 없지만 대방파나 대문파에는 거의 장로 제도가 있다.

방파나 문파의 규모와 세력이 커지게 되면 우두머리의 권력이 커지는 것을 견제해야만 한다.

그대로 놔두면 뿌리보다 대가리가 더 커지는 기현상 때문에 도태되고 말기 때문이다.

그리고 또 어떤 중요한 사안에 대해서 우두머리 혼자서 단독으로 결정을 내리는 것보다는 무림 경험이 풍부한 인물들의 의견을 두루 수렴하여 그것을 참고하면 우두머리의 결정에 큰 도움이 된다.

현재 영웅문은 천하 무림에서 열 손가락에 꼽을 수 있을 정도로 큰 세력이 되어가고 있다.

이럴 때 장로 제도를 신설하는 것은 딱 시기적절하다고 할 수 있다.

진검룡은 부복해 있는 정천영을 굽어보며 조용한 목소리로 말했다.

"정천영을 영웅장로(英雄長老)로 임명하겠다."

"……!"

정천영은 움찔 몸을 떨었다.

"일어나게."

정천영은 이마를 바닥에 대고 있지만 진검룡의 말이 자신을 가리킨다는 사실을 알았다.

정천영이 일어나서 자리에 앉자 진검룡의 시선이 좌중의 몇 사람에게 차례로 향했다.

"훈용강, 현수란, 태동화, 손록 일어나게."

영웅문 사람들끼리 모여서 앉아 있던 자리에서 가벼운 소요가 일어났다.

훈용강을 비롯한 네 명의 당주들은 설마 자신들이 호명될 것이라고는 추호도 예상하지 못했었다.

그들이 어리둥절한 표정을 짓자 부옥령의 쨍한 목소리가 터져 나왔다.

"주군 말씀 듣지 못했느냐?"

다음 순간 네 사람은 엉덩이를 뜨거운 인두로 지진 것처럼 후다닥 일어섰다.

진검룡은 훈용강 등 네 명을 보며 잔잔한 표정으로 말

했다.

"자네들을 영웅장로에 임명하겠다."

"아……."

"속하들을……."

그들은 자신들이 장로에 임명될 줄은 꿈도 꾸지 못했기에 소스라치게 놀랐다.

진검룡은 그들을 한 명씩 일일이 바라보면서 나직한 목소리로 말했다.

"후임에게 당주 지위를 물려주도록 하게."

너무 놀란 훈용강 등은 멍한 얼굴로 서 있을 뿐이다.

또다시 부옥령의 쨍한 목소리가 실내를 울렸다.

"대답하지 않느냐?"

네 명은 화들짝 놀라서 분분히 진검룡을 향해 깊숙이 허리를 굽혔다.

"주군의 명을 받듭니다!"

소소가 친위대를 신설하자고 제안했는데 그것이 영웅호위대와 친위대를 합친 통위대로 발전했다.

그리고 거기에서 더 나아가 영웅문에 장로 제도를 신설했다.

진검룡이 장로 제도를 만들었다는 것은 스스로의 권력을 분산하겠다는 것이며 또한 자신의 폭주를 자중하겠다는 뜻이기도 하다.

"주군."

그때 소소가 또 손을 들었다.

*　　　　*　　　　*

한 명의 절세 미남자가 침상에 누워 있다.

그런데 죽었는지 숨을 쉬지 않았고 얼굴은 떡가루처럼 창백하기 짝이 없다.

"음… 성아가 죽는다면 남창 전체를 피로 씻어버리겠다……!"

침상 옆에 앉아서 침상의 절세 미남자를 굽어보고 있는 한 명의 미부인이 차갑게 중얼거렸다.

침상에 벌거벗은 몸으로 누워 있는 청년은 그저께 적도방에서 부옥령에게 당한 태공자가 분명하다.

그 당시에 그는 부옥령에게 금혈신강을 전개하여 정면으로 충돌했다가 온몸의 장기와 내장이 박살 났었다.

만약 웬만한 절정고수였다면 일각을 버티지 못하고 칠공에서 검붉은 피를 쏟으며 죽었을 것이다.

그러나 태공자는 워낙 공력이 심후한 데다 일 년여 전에 희대의 영약을 복용한 적이 있었으므로 현재 그것이 그의 목숨을 연명해 주고 있는 중이다.

그 영약은 일 갑자의 공력을 증진시켜 줄 뿐만 아니라 독에 중독되거나 독물에게 물려도 끄떡없는 효능을 지니고 있지만 안타깝게도 장기와 내장이 끊어지고 박살 난 것에는 별다른 효능을 발휘하지 못했다.

미부인은 오래전부터 태공자의 가슴 한복판에 손바닥을 밀착시켜 부드러운 진기를 주입하고 있다.

그녀가 그렇게 하지 않았다면 태공자는 어젯밤을 넘기지 못했을 것이다.

삼십 대 중반으로 보이는 미부인은 초조한 표정으로 태공자를 지켜보다가 열려 있는 창을 보면서 신경이 곤두선 듯한 목소리를 흘려냈다.

"왜 이렇게 늦는 것이냐?"

넓은 실내의 한쪽에 공손히 시립해 있던 한 명의 경장고수가 공손히 허리를 굽혔다.

"죄송합니다."

남경의 검황천문에서 태공자를 살릴 수 있는 희대의 영약을 전서구로 보내는 것이므로 경장고수는 그 여부에 대해서 알 까닭이 없다.

사실은 검황천문에서 영약을 보냈는지 어쨌는지조차도 알 수가 없다.

여기에 있는 미부인이 태공자가 죽어가고 있는 모습을 발견한 것이 어제 자정이 넘은 시각이었다.

이후 그녀가 태공자에게 진기를 주입하고 추궁과혈수법을

발휘하여 간신히 고비를 넘기고 나니까 동이 훤하게 터오고 있었다.

그러고 나서야 태공자를 살릴 수 있는 최후의 방법, 즉, 검황천문에 있는 희대의 영약이 생각나서 부랴부랴 서찰을 써서 전서구를 날려 보낸 것이 한나절 전의 일이었다.

사실 이곳 남창에서 강소성 남경까지는 칠백여 리다. 왕복 천사백여 리이며 아무리 날짐승인 비둘기의 속도라고 해도 한나절 안에는 불가능한 거리다.

미부인 자염빙(紫艶氷)은 태공자의 가슴에서 손바닥을 떼고는 그의 손목을 잡고 맥을 짚어보았다.

잠시 눈을 감고 있던 그녀는 태공자의 맥을 놓고 긴 한숨을 토해냈다.

"후우……."

태공자의 상태는 한 시진 전이나 지금이나 다름이 없다. 몸의 모든 기능이 마비된 상태에서 심장과 맥만 평소보다 매우 느리게 간신히 뛰고 있다.

미부인 자염빙은 다시 길고 하얀 손바닥을 태공자 가슴에 밀착하고 진기를 주입하기 시작했다.

그녀가 태공자 가슴에서 손을 떼면 그가 열을 세기도 전에 호흡이 멈출 수도 있기 때문에 그녀로선 꼼짝도 못 하고 그의 곁에 붙어 있어야만 한다.

자염빙와 태공자의 관계는 사조손(師祖孫), 태공자 사조의 부인이 자염빙인 것이다.

말하자면 태공자의 사부는 검황천문 태문주인 절대검황 동방장천인데 동방장천의 사부의 부인이 자염빙이라는 얘기다.

절대검황 동방장천에게 사부가 있다는 사실은 극비에 붙여진 일이다.

더구나 여기에 있는 자염빙이 천하오계(天下五界) 중 하나인 요계(妖界)의 절대자 요천여황(妖天女皇)이라는 사실을 알고 있는 사람은 거의 없다.

절대검황 동방장천이 요천여황을 사모님으로 모신 것이 아니라 알고 보니까 그가 사부로 모신 인물의 부인이 요천여황이었던 것이다.

천하오계 중에서 요계에 대해서는 세상에 알려진 사실이 전무하다고 해도 과언이 아니다.

요천여황 자염빙은 태공자를 굽어보면서 분을 삭이려는지 입술을 잘근잘근 깨물고 있다.

올해 나이 팔십오 세인 자염빙이 금쪽처럼 소중하고도 귀엽게 여기는 사람이 여기에 누워 있는 태공자 현도성이다.

그래서 그녀는 지난 몇 년 동안 현도성을 가까이 두고 직접 무공을 가르치면서 억만금을 주고도 구할 수 없다는 희대의 영약까지 그에게 복용시켜 공력을 증진시키고 만독불침지신으로 만들어주었던 것이다.

"음… 어떤 놈이 감히 우리 성아를……."

그녀가 이를 뽀도독 갈면서 중얼거릴 때 문이 열리고 경장
고수 한 명이 들어왔다.

*　　　　*　　　　*

경장고수는 자염빙에게 무릎을 꿇고 이마를 바닥에 대며
최고의 예를 취했다.

"다녀왔습니다."

자염빙은 한 손을 태공자의 가슴에서 떼지 않고 다른 손으
로 일어나라는 신호를 보내면서 물었다.

"알아봤느냐?"

"네, 대부인."

검황천문의 고수들은 자염빙의 정체가 무엇인지 까맣게 모
르고 있다.

다만 막연하게 그녀가 태문주 동방장천의 모친일 것이라고
생각한다.

동방장천의 친족들 사이에서는 모친이 일찍 죽은 것으로
알려져 있기에 가능한 일이다.

태문주의 모친이라면 검황천문 고수들에겐 황후나 다름이
없는 어마어마한 존재다.

자염빙은 조용한 목소리로 말했다.

"다녀온 일을 말해라."

그녀는 태공자 현도성의 가슴에 밀착한 손에 진기를 조절하면서 경장고수를 쳐다보았다.

"적도방이 멸문했습니다."

자염빙은 의아한 표정을 지었다.

"적도방이 뭐냐?"

그녀는 무림 특히 남창무림의 세세한 사정에 대해서는 아는 것이 하나도 없다.

검황천문 태문주의 사모라는 신분이지만 검황천문이 무엇을 하고 세력이 어느 정도인지 관심이 없다.

"본문의 남창지부였습니다. 태공자께서 그곳에서 정체 모를 여고수에게 변을 당하셨습니다."

"그렇더냐?"

자염빙은 고개를 끄떡였다. 그녀는 본론을 빨리 듣고 싶으면서도 보채거나 신경질을 부리지 않았다.

그녀는 보고자를 최대한 편하게 해줘야 질 좋은 정보를 들을 수 있다는 사실을 경험을 통해서 잘 알고 있는 많지 않은 사람 중 한 명이다.

자염빙이 당금 무림의 정세에 대해서 잘 모르는 것은 그런 것에 관심이 없기 때문이지 경륜이 부족하거나 머리가 나쁘기 때문이 아니다.

오히려 그 반대로 그녀는 이십여 년 전까지만 해도 천하 무

림이 좁다 하고 활개를 치고 다녔으며, 그녀가 출현하는 곳에
는 어김없이 온갖 화제가 만발하고 때로는 역겨운 피비린내가
진동했었다.

사십 대 초반 정도로 보이는 나이에 절세적 미모를 지닌 자
염빙은 긴 속눈썹의 눈을 깜빡거렸다.

"그렇다면 성아를 중상 입힌 자가 적도방을 멸문시켰다는
얘기냐?"

"그런 것 같습니다. 속하가 알아본 바에 의하면 그자는 영
웅문의……."

"그자는 어디에 있느냐?"

자염빙은 다른 것은 조금도 궁금하지 않고 알고 싶지도 않
아서 말을 잘랐다.

그녀는 오로지 누가 현도성을 저 지경으로 만들었는지가
궁금할 뿐이고 그자를 찾아내서 반드시 복수를 해줘야지만
직성이 풀릴 것이다.

여기에 있는 두 명의 경장고수는 적도방에 상주하고 있던
검황천문 참영부 소속 고수로서 그저께 밤에 부옥령에게 중
상을 입은 현도성을 안고 도망쳤었다.

그 덕분에 현도성과 이들 두 명의 참영고수는 목숨을 건질
수 있었다. 반면에 그곳에 있던 검황고수들은 진검룡에게 몰
살당했다.

참영고수는 더없이 공손히 대답했다.

"그 여자는 남창제일루인 천향루에 있습니다."

"음, 알았다."

참영고수인 그는 남창에 상시 주둔하고 있는 검황천문 십이부 중에 탐라부(探羅府) 소속 탐라고수에게 부옥령을 찾아달라고 요구했었다.

탐라부는 자신들이 담당한 지역의 정세와 시시각각 일어나는 굵직한 사건들을 조사하는 한편 추적과 미행, 염탐, 감시 따위를 주 업무로 하고 있다.

탐라고수는 반나절 만에 부옥령이 천향루에 들어갔었다는 사실을 알아냈다.

"그녀가 누군지는 알아냈느냐?"

참영고수는 고개를 숙였다.

"죄송합니다. 그것까지는 모릅니다. 단지 영웅문 사람이라는 것은 분명합니다."

"영웅문?"

자염빙은 요 근래 영웅문이라는 말을 자주 들었다.

"영웅문은 당금 강남무림에서……."

"알았다. 고생했다."

자염빙은 참영고수의 말을 자르고 품속에서 금원보 두 개를 꺼내서 내밀었다.

"받아라."

"앗!"

앞에 서 있는 참영고수만이 아니라 조금 떨어진 곳에 서 있는 다른 참영고수까지 혼비백산해서 그 자리에 넙죽 엎드려 이마를 바닥에 대고 벌벌 떨었다.

"대부인……! 이… 이러시면 안 됩니다. 속하는 절대 받을 수 없습니다……!"

"일어나라."

자염빙이 말만 하고 손을 뻗거나 다른 행동을 전혀 취하지 않았는데도 그녀의 몸에서 발출된 무형지기에 의해서 두 명의 참영고수 몸이 저절로 둥실 일으켜져서 그녀 앞으로 스르르 다가왔다.

"아아……."

"손 내밀어라."

자염빙은 그것만은 힘으로 하지 않고 두 명의 참영고수가 손을 내밀기를 기다렸다.

"너희가 고생했기에 상으로 주는 것이다. 아무에게도 말하지 않을 테니 요긴하게 써라."

"아아… 대부인……."

"고마워서 그러는 것이다. 너희가 받지 않으니까 내 손이 부끄럽구나."

하늘 같은 대부인이 이렇게까지 애원하듯이 말하는데 참영고수로서는 받지 않을 재주가 없다.

두 참영고수는 내민 두 손을 바들바들 떨면서 각자 금원보를 하나씩 받았다.

금원보 하나는 금화 열 냥이다. 금화 한 냥이 은화 이십 냥이니까 금원보 하나면 은화가 무려 이백 냥, 구리 돈으로 치면 자그마치 일만 냥이다.

주루에서 웬만한 식사 한 끼가 각전 즉, 구리 돈 석 냥이고 제법 근사하게 먹는다고 해도 구리 돈 닷 냥을 넘지 않으니까 금원보 하나의 가치가 어느 정도인지 짐작할 수 있으리라.

자염빙은 손을 저었다.

"둘 다 나가서 쉬어라."

"하오나……."

"여기에서 불편하게 뻣뻣이 서 있을 필요 없다. 가서 쉬다가 이따 남창에 같이 가자."

아무래도 참영고수들 입장에서는 자염빙이 없는 곳이라야 편안하게 앉아서 쉴 수 있었다.

두 참영고수는 공손히 허리를 굽혔다.

"물러가겠습니다."

자염빙에 대한 존경심이 두 사람의 가슴속에서 샘물처럼 솟구쳤다.

자염빙은 사경을 헤매고 있는 현도성을 물끄러미 굽어보면서 스스로 자책했다.

'으음! 성아를 혼자 보내는 것이 아니었어. 내가 같이 왔어

야 했는데……'

현도성은 아직 무공이 완성되지 않은 상태에서 갑자기 남창으로 혼자 떠났었다.

자염빙이 잠시 외출했을 때였다. 그녀가 돌아와서 현도성의 하녀에게 물으니까 그가 누굴 찾는다면서 남창으로 갔다는 것이다.

그래서 자염빙도 따라 부랴부랴 남창으로 달려왔는데 사랑하는 사손이 이렇게 사경을 헤매고 있는 것이다.

*   *   *

소소는 반 시진에 걸쳐서 몇 가지를 제안했는데 그중에서 가장 참신한 것은 영웅문 내에 대규모 무공훈련원을 만들자는 것이었다.

무공훈련원은 영웅문의 전 고수와 무사들에게 무공을 가르치는 기관이다.

소소는 영웅문 내에서 영웅호위대와 외문십오당, 내문오당, 총무전 등이 중구난방 제각각 따로 무공을 배우고 있는 사실에 대해서 전혀 모르고 있다.

그러면서도 무공훈련원이라는 획기적인 제도를 구상해 냈다. 그래서 그가 귀재라는 소리를 듣는 것이다.

진검룡은 자신이 그동안 찜찜하게 여겼던 일을 소소가 한

방에 해결해 줘서 매우 기뻤다.

소소는 당재원을 지목했다.

"무공교육원의 초대 원장으로 당 사부를 추천합니다."

"어허!"

당재원은 깜짝 놀라서 자신도 모르게 탄성을 터뜨렸다.

소소가 계획하는 무공훈련원은 하나의 독립된 조직으로서 열 단계의 무공수련과 연마 과정을 거치는 곳이다. 이곳에서는 도합 열 개 십관문을 두고 각 관문을 통과하는 수료자에겐 그것에 상응하는 자격이 주어진다.

말하자면 최종 열 번째 십관문을 수료하면 영웅문의 외문 십오당 당주급 자격이 주어진다는 식이다.

가칭 영웅십관문(英雄十關門) 중에서 제일 관문을 통과하면 내문오당이나 총무전에서 호위, 호문, 호선, 호거무사 등 호종무사(護從武士)를 시킨다.

그리고 제이 관문을 통과하면 호종무사의 조장(組長), 제삼 관문 수료자는 호종무사 향주라는 식으로 등급에 알맞은 직책을 주는 것이다.

소소가 당재원을 추천한 이유는 그가 남창에서 가장 유명하고 또 실력 있는 검림관의 관주였기 때문이다.

그는 이십여 년 동안 제자들을 길러서 배출했으며 그 수가 무려 삼천여 명에 이르러 남창에서 마주치는 무림인의 절반 이상이 그의 문하일 정도다.

그런 당재원이야말로 무공훈련원 영웅십관문의 책임자로서 제격이 아니겠는가.

진검룡이 슬쩍 거들었다.

"무공훈련원을 청검원이라고 하면 좋겠군."

"와앗! 그거 좋아요! 주군!"

소소가 박수를 치면서 좋아했고 다들 희색만면하여 이름이 좋다고 박수를 쳤다.

당재원은 좌불안석 궁둥이를 의자에서 떨어뜨렸다가 붙였다 어쩔 줄 몰랐다.

진검룡은 좌중을 둘러보며 조용히 말했다.

"당재원이 무공훈련원 청검원의 책임자로 적합하다고 생각하는 사람 손 들어보게."

우르르 손을 드는데 한 명도 빠짐이 없다. 여북하면 당재원과 같이 온 현철부와 종평마저 희희낙락하면서 두 손을 번쩍 들었겠는가.

당재원은 적도방이 멸문하고 남창에 청검문을 개파하여 조양문과 함께 영웅문 남창지부 역할을 수행한다는 계획을 갖고 있었다.

그런데 그 청검문의 이름을 이은 영웅문의 무공훈련원을 맡게 되었으니 감개무량했다.

그가 새로 개파할 청검문과 절강성과 강서성을 거의 통일한 대영웅문의 무공훈련원 청검원하고는 비교하려는 자체가 어리석은 일이다.

진검룡은 당재원에게 의중을 물어보았다.

"어떤가?"

"저는……."

당재원은 머뭇거렸다.

무슨 생각을 했는지 소소가 조심스럽게 끼어들어 진검룡에게 물었다.

"주군, 장차 청검원을 세운다면 항주 영웅문 내에 건립하게 되는 건가요?"

진검룡은 고개를 끄떡였다.

"그래야지."

"그렇다면 당 원주의 가족들은 전부 영웅문으로 이주하게 되겠죠?"

"당연하지. 영웅문 가족은 모두 영웅문에서 함께 생활하는 것이 규칙이다. 그렇지만 당재원이 원할 경우다."

소소가 당재원에게 정중히 물었다.

"영웅문으로의 이주를 원하시나요?"

"그거야 내가 영웅문으로 가면 가족들도 당연히 가야겠지요. 그러나……."

그는 자신이 부양해야 할 가족이 너무 많은 탓에 무공훈련원 원주 자리를 사양할 수밖에 없다고 말하려고 했으나 소소에게 말이 잘렸다.

"영웅문 내에는 마을이 있다고 들었어요."

무불통지 적인결이 설명했다.

"영웅사문이라고 하네."

"거기에 누가 사는 건가요?"

"영웅문 휘하의 가족이라면 누구라도 살 수 있네."

"규모가 얼마나 되죠?"

정작 영웅문 사람들은 가만히 있고 며칠 전에 영웅문 사람이 된 소소와 적인결어 영웅문 사람들은 제쳐두고 영웅사문에 대해서 대화하고 있는 진풍경이 벌어지고 있다.

적인결은 영웅문 사람들보다 영웅사문에 대해서 더 많이 알고 있는 것 같았다.

적인결은 막힘없이 대답했다.

"영웅사문 내에는 여러 개의 마을이 있으며 각각 외문촌, 내문촌, 총무촌이라고 하는데 각 촌은 그 안에서 또다시 수십 개의 동(洞)으로 나누어지네."

이렇게 되자 영웅문 사람들까지 적인결의 설명에 귀를 기울이고 있다.

"내가 마지막으로 알아낸 사실에 의하면 영웅사문 내에는 도합 사천여 채의 전각과 집이 있으며 영웅사문 한복판 사문대로에는 번화가가 형성되어 있고, 수십 개의 계류와 운하, 인공 호수들이 산재해 있다고 하더군."

특히 당재원은 귀를 쫑긋 세우고 들었다.

"제일 큰 단일 가족은 누군가요?"

소소의 물음에 적인결은 그 사람이 이 안에 있나 싶어서 두리번거리고 나서 대답했다.

"영웅문 외문십오당 중에서 선풍당과 한매당인데 그 당주 분들은 여기 안 계시는 것 같군."

第百十五章

백(白)과 흑(黑)

"그분들 가족이 몇 명이나 되죠?"

소소는 당재원이 자신이 책임져야 할 가족 때문에 머뭇거리 린다는 사실을 짐작하고 그를 안심시키기 위해서 이 화제를 꺼낸 것이다.

"선풍당주와 한매당주는 남매지간이며 모친을 비롯한 외가 쪽 친척이 도합 백칠십 명이라고 하더군."

당재원의 눈이 휘둥그렇게 떠지고 얼굴에는 커다란 놀라움 이 떠올랐다.

현재 그가 남창에서 부양하고 있는 가족의 수는 총 백이십 여 명이다.

그런데 영웅문 외문십오당 중에 선풍당주와 한매당주의 가족은 백칠십여 명이나 된다는 것이다.

검황천문 태문주 동방장천의 서자인 선풍당주 동방해룡과 동방도혜는 남경에 있는 모친과 외가 친척들을 모두 영웅사문으로 데리고 오기를 원했다.

그래서 십엽루의 배로 가족들을 데려왔는데 모두 백칠십여 명이나 됐던 것이다.

적인결이 보충 설명을 했다.

"영웅사문 내에서 외문촌이 제일 큰데 외문십오당 휘하인 선풍당과 한매당 휘하는 총 사백이십 명이고 그들 가족은 각각 선풍동과 한매동에서 마을을 이루어 살아가며 총 사백여 호(戶)에 인구는 천사백여 명일세."

"맙소사."

당재원은 자신도 모르게 탄성을 터뜨렸다. 두 개 당의 가족들이 촌락을 이루어 살아가는 두 개 동의 집들이 사백여 호에 인구가 천사백여 명에 이르다니 그 정도면 웬만한 마을 뺨치는 규모다.

저만치 앉아 있는 풍건이 점잖은 목소리로 입을 열었다.

"원래는 영웅사문 전체가 사천오백여 호였는데 선풍동과 한매동이 생기면서 오천 호가 되었소."

소소가 진검룡을 보면서 아름답게 미소 지으며 물었다.

"주군, 영웅사문을 얼마나 더 키우실 건가요?"

진검룡은 풍건에게 물었다.

"영웅사문 땅이 얼마나 남았나?"

풍건은 빙그레 미소 지었다.

"영웅문에서 봉황산 자락까지 우리 땅인데 크기는 남창보다 조금 크고 봉황산 쪽으로 갈수록 땅이 더 비옥하고 살기좋습니다."

"그런가?"

"봉황산까지 길이 십오 리에 폭 칠 리, 양쪽으로는 비스듬한 언덕이 높아서 바람도 거의 불지 않죠. 사람들을 거기까지가득 채우려면 최소한 오십만 호는 돼야 할 것 같습니다."

진검룡은 소소에게 고개를 끄떡였다.

"그렇다는구나."

소소는 당재원에게 아름다운 미소를 지으면서 두 팔을 활짝 벌렸다.

"그렇다는군요. 그러니까 부양가족은 염려하지 마세요, 당원주님."

"허어……"

당재원은 의표를 찔린 것 같아서 어색한 표정을 지었지만마음은 훈훈했다.

적인결이 당재원에게 미소 지으며 설명을 보탰다.

"당 원주님, 영웅사문에서는 가족 수에 따라서 살 집과 타고 다닐 수 있는 몇 척의 배, 그리고 수레, 마차, 넉넉한 밭, 식

량, 가축 등을 일체 다 내주는데도 불구하고 당주급 한 달 녹봉이 얼마인지 아십니까?"

"얼마요?"

말이 나온 김에 궁금해진 당재원이다.

"얼마일 것 같습니까?"

적인걸은 당재원을 놀라게 해주고 싶었다.

"글쎄……."

"당 원주께서 상상하시는 가장 큰 액수를 불러보십시오."

당재원은 조금 생각하고 나서 대답했다.

"은자 오십 냥……."

그는 적도방에서 녹봉을 매우 후하게 받았었는데 은자 이십 냥이었다.

그래서 제 딴에는 이십 냥의 두 배 반인 오십 냥을 조심스럽게 불러보았다.

적인걸은 빙그레 미소 지었다.

"그것의 열 배입니다."

"……."

당재원은 쇠망치로 뒤통수를 한 대 얻어맞은 것 같은 표정을 지었다.

열 배라니, 그가 말한 은자 오십 냥의 열 배라면 무려 오백 냥이다.

그런 일이 있을 수 있다는 말인가. 그는 적인걸이 뭘 잘못 알고 있을 것이라고 확신했다.

도대체 천하 어디에서 당주 한 달 녹봉으로 은자 오백 냥을 준다는 말인가.

웬만한 방파나 문파의 수장이라고 해도 한 달에 그 정도 액수를 벌지 못한다.

그때 오룡당주 손록이 지나가는 말처럼 한마디 했다.

"두 달 전에 본문 전체 녹봉이 인상돼서 그때부터 당주급은 육백 냥을 받고 있소."

"허어……."

적인결은 놀라는 당재원에게 두 팔을 벌리며 어깨를 으쓱해 보였다.

"그 정도입니다."

당재원은 그제야 소소가 지금까지 대화를 이끌어온 것이 자신의 부양가족을 위해서라는 사실을 깨닫고 가슴이 훈훈해지는 것을 느꼈다.

진검룡이 당재원에게 말했다.

"저기 있는 적인결과 소소가 남창에서 내게 제일 먼저 보여 준 것이 자네 가족들이 운하의 수엽선에서 수상생활을 하는 광경이었네."

당재원은 움찔 놀랐다.

"그… 렇습니까?"

"자네 가족들을 해결하지 못하고서는 자넬 포섭할 수 없다고 말하더라고."

"하아… 죄송합니다."

당재원은 설마 진검룡이 자신의 가족들이 사는 광경까지 다 봤을 줄은 예상하지 못했다.

진검룡은 자리에서 일어섰다.

"오늘은 남창의 방파와 문파들을 둘러봐야 할 테니까 이제 일어나지."

조양문주 권부익과 당재원 등은 남창의 방파와 문파들을 일일이 찾아다니면서 당금 상황에 대해서 설명을 해야 한다.

문득 진검룡은 풍건에게 물었다.

"풍 총당주, 자네, 장로를 시켜주지 않아서 실망했나?"

풍건은 깜짝 놀라서 두 손을 저었다.

"아, 아닙니다……!"

진검룡은 풍건의 어깨에 손을 얹고 친근하게 말했다.

"열다섯 개나 되는 당을 이끌어갈 만한 인물은 풍 총당주 밖에 없어서 그렇네."

영웅문 외문은 이제 십오당이 됐으며 그 수만 해도 천팔백 여 명에 달했다.

풍건은 즉시 허리를 굽혔다.

"아… 압니다. 감사합니다."

그는 진심 어린 표정으로 말했다.

"저는 야전(野戰)이 좋습니다. 죄를 짓지 않는 한 계속 이 자리에 있도록 해주십시오."

"쉬고 싶을 때 말해주게."

풍건은 깊숙이 허리를 굽혔다.

"알겠습니다."

그때 정천영이 진검룡을 불렀다.

"주군, 물어볼 게 하나 있습니다."

정천영은 어제까지만 해도 하대를 하던 진검룡이지만 존대하는 것을 조금도 어색하게 여기지 않았다.

"뭔가?"

"제가 영웅장로가 됐잖습니까?"

그는 자신이 다른 네 명과 함께 영웅장로에 선출된 것을 다시 한번 확인했다.

"그랬지."

정천영은 막 일어서고 있는 옥소를 가리켰다.

"저하고 호위대주하고 누가 더 높습니까?"

그는 한 가지 이유 때문에 아까부터 그것이 못내 궁금했었다.

옥소가 움찔하면서 그를 쳐다보았다. 그녀의 눈빛이 날카롭게 빛났다.

중인들은 밖으로 나가던 걸음을 멈추고 재미있다는 표정으로 상황을 지켜보았다.

부옥령이 대답했다.

"본문에서 장로는 서열 사 위야. 태상문주님, 문주님, 좌우호법, 그다음이 장로야."

정천영은 옥소의 얼굴이 살짝 굳어지는 것을 보면서 재차 확인했다.

"그러니까 호위대주보다는 위라는 거죠?"

"당연하지."

정천영은 빙그레 웃으면서 옥소에게 말했다.

"들었니, 아가?"

그는 아까 사용했다가 치도곤 당했던 '아가'라는 호칭을 다시 꺼내 들었다.

옥소는 차가운 얼굴로 문을 향해 걸어갔다.

정천영은 흡족한 표정으로 싱글벙글 웃었다.

"아가, 너 내 수양딸 하는 것이 어떠냐? 많이 귀여워해 줄 테니까 그러려무나."

진검룡과 부옥령을 비롯한 사람들이 낮은 웃음소리를 내면서 밖으로 나갔다.

정천영은 자신의 앞을 스쳐 지나가는 옥소를 보면서 미소를 지었다.

"아가, 너 아버지가 있느냐?"

정천영은 자신이 완전히 승기를 잡았다는 표정으로 옥소를 뒤따라갔다.

"나는 너처럼 딱 부러지는 아이가 좋단다. 날 아버지로 삼으면 네가 아까 버릇없이 군 걸 다 용서하마."

탁!

그런데 앞서 걸어가던 옥소가 문을 닫고 빙글 돌아서며 싸늘한 미소를 지었다.

"엇?"

뒤따라가던 정천영은 옥소와 부딪칠 뻔하다가 움찔 놀라며 급히 멈췄다.

"너 왜……."

옥소가 잔인한 얼굴로 중얼거렸다.

"말해봐라. 아직도 날 수양딸 삼고 싶으냐?"

"……."

정천영은 실내에 자신들 둘밖에 남지 않았다는 사실을 그제야 깨닫고 등줄기가 싸늘해졌다.

"너……."

옥소는 천천히 오른손을 들어 올리면서 입가에 흐릿한 미소를 머금었다.

"이봐, 너, 내 개가 되는 것은 어떻겠느냐? 듣기 좋은 소리로 잘 짖으면 상을 주마."

정천영은 짐짓 무서운 표정을 지었다.

"이 녀석아! 내가 장로라는 사실을 잊었느냐?"

옥소는 대수롭지 않게 대꾸했다.

"그게 뭐 어때서? 장로 배는 칼이 안 들어가고 뼈가 부러지지 않는다더냐?"

"……."

정천영은 할 말을 잃고 눈을 껌뻑거렸다. 그는 옥소에 대해서 잘못 알고 있었다.

장로라는 지위로 뭉개면 꼬리를 감출 것이라고 예상했는데 오판이었다.

정천영과 옥소의 거리는 불과 두 자다. 정천영은 순간 자신이 선공을 하는 것만이 여기에서 살아 나갈 수 있는 방법이라고 판단했다.

지금은 공력을 최고조로 끌어올릴 수가 없다. 끌어올리는 데 시간이 걸릴 뿐만 아니라 그런 낌새를 옥소가 알아차리지 못할 리가 없다.

정천영은 공력을 끌어올리는 것과 동시에 전력으로 주먹을 뻗어 옥소의 가슴 한복판을 공격했다.

"이잇!"

슈욱!

정천영은 자신의 주먹이 옥소의 가슴을 정통으로 적중하는 느낌이 주먹에 전해지는 순간 쾌재를 불렀다.

'됐다!'

떠엉!

"으악!"

그런데 그의 주먹이 옥소의 가슴에 적중되는 순간 둔중한 음향과 함께 거센 반탄력이 그의 오른팔을 짓뭉개 버렸다.

그뿐만이 아니라 그는 강풍에 휩싸인 가랑잎처럼 뒤로 쏜 살같이 뱅글뱅글 회전하면서 날아갔다가 탁자를 부수고 바닥에 내동댕이쳐졌다.

우지끈!

"우와!"

옥소는 호신강기에 퉁겨서 날아간 정천영 뒤를 그림자처럼 뒤쫓아 갔다.

그러나 박살 난 탁자 부스러기 속에 널브러져 있는 정천영을 발견한 옥소는 눈살을 찌푸렸다.

사지를 벌리고 쓰러진 정천영은 입과 코에서 핏물을 흘리면서 이미 혼절한 상태였다.

*　　　*　　　*

조양문 권부익과 당재원을 비롯하여 남창에서 영향력이 있는 인물들이 총출동하여 남창과 주변 백여 리 이내의 방파와 문파들을 일일이 찾아다니면서 당금 남창무림이 처한 상황에 대해서 자세하게 설명했다.

남창을 비롯하여 인근 최소 삼백여 리 일대에서 적도방에게 피해를 입지 않은 방파와 문파, 무도관, 표국, 전장 등 사업체와 가게들은 찾아볼 수 없을 정도였다.

그러므로 다들 적도방에 칼날 같은 원한을 품고 있는 상황이었다.

이틀 전에 적도방이 멸문했다는 소문은 이미 남창은 물론
이고 강서성 전역에 파다하게 퍼진 상황이다.

항주의 영웅문주 전광신수가 쟁쟁한 고수들을 대거 이끌고
남창에 와서 조양문과 옛 검림관의 관주인 당재원을 양 날개
로 삼아서 적도방을 불과 하룻밤 만에 무참하게 괴멸시켰다
는 소문이다.

그렇지만 남창을 비롯한 인근의 수많은 사람들은 환호성을
터뜨리지 않았다.

아직 환호하기에는 이르다고 여겼기 때문이다. 적도방이 정
말로 멸문한 것이 맞는지, 조양문과 검림관주 등이 영웅문을
도운 것이 맞는지 확인해 봐야 했다.

그리고 그게 맞는다면 영웅문이 무슨 목적으로 적도방을
괴멸시킨 것인지 이유를 알아야 한다고 생각했다.

남창과 인근 수백 리 일대는 격랑이 휘몰아치고 있지만 사
람들은 지나칠 정도로 조용했다.

그것은 강의 수면은 잔잔한데 강물 속에서는 거센 급류가
콸콸 흐르고 있는 것과 비슷했다.

남창과 인근의 모든 사람들은 정확한 사실이 확인될 때까
지 환호하는 것을 잠시 미루어둔 것이다.

＊　　　＊　　　＊

사흘이 지났다.

전각 앞 돌계단 위에 놓인 의자에 앉아 있는 진검룡과 민수림은 두 시진 가까이 계속되고 있는 열띤 대화에 슬슬 지루함을 느끼기 시작했다.

이곳은 조양문의 가장 큰 전각이며 조양문주 권부익의 집무실이 있는 균천각 앞이다.

돌계단 아래 넓은 마당에는 남창을 비롯한 인근 백여 리 일대의 방파와 문파, 무도관의 수장 백오십여 명이 땅바닥에 여기저기 무리를 지어서 앉아 있다.

그들은 조양문주의 이름으로 초청되었다.

적도방이 남창을 비롯한 강서성 전역을 지배하기 전까지는 조양문이 이 지역의 패자였었다.

정의와 자비, 공명정대함을 바탕으로 매사를 처리했던 조양문은 모든 사람들의 존경을 받아왔었다.

돌계단 끄트머리에는 권부익과 당재원, 적인결, 소소 등이 나란히 서 있다.

그들은 돌계단 아래의 사람들이 계속해서 퍼붓는 질문에 일일이 답변을 하고 있는 중이다.

그런데 조금 전부터 더 이상 대화의 진전이 없다.

권부익과 당재원, 거기에 적인결까지 거들어서 지금까지 일어난 일들을 자세히 설명했었다.

그리고 이제부터는 남창을 비롯한 강서성이 영웅문의 보호 아래에서 태평성대를 누리게 될 것이라고 말했다.

또한 영웅문에게 단 한 푼의 상납금도 내지 않아도 된다고 설명했다.

처음에 사람들은 기쁨의 탄성을 터뜨렸다. 그러나 기쁨은 그리 길지 않았다. 기쁨보다는 걱정이 더 컸기 때문이다.

누군가 물었다.

"영웅문이 우리를 검황천문으로부터 지켜줄 수 있소?"

바로 그거였다.

그때부터 권부익과 당재원, 적인결이 제아무리 하나에서 열까지 구구절절 설명을 해도 사람들은 도통 믿으려 들지 않고 자신들의 주장만 내세웠다.

그렇게 소득 없는 설득을 하는 데 한 시진 반이나 허비하고 지금에 이른 것이다.

돌계단 아래 모인 사람들은 크게 네 패로 갈라졌다.

첫째, 영웅문을 믿지 못하겠다는 무리.

둘째, 영웅문을 믿을 수 있다는 무리.

셋째, 영웅문을 도와서 검황천문과 싸워야 한다는 무리.

넷째, 나중에 큰일 터지기 전에 지금이라도 검황천문에 용서를 빌고 협조하자는 무리.

결론적으로 첫째와 넷째가 뜻이 비슷하고 둘째와 셋째가 추구하는 바가 같다.

문제는 첫째와 넷째를 합친 인원이 백여 명이고 둘째와 셋째를 합친 인원이 오십여 명이라는 사실이다.

그래서 권부익과 당재원은 도통 믿으려고 들지 않는 백여 명을 설득하느라 시간과 열정을 쏟고 있는 중이다.

진검룡은 이 정도 오래 기다렸으면 할 만큼 했다는 생각이 들었다.

그가 중요하게 생각하는 것은 남창과 인근 방파, 문파들의 도움이 아니다.

그들은 그냥 들러리일 뿐이다. 진검룡이 바라는 것은 영웅문이 남창에서 하는 일을 그들이 방해하지 않고 지켜보기만 하는 것이다.

돌계단 아래는 한눈에 봐도 뚜렷하게 편이 갈라져 있었다. 왼쪽 무리가 영웅문을 믿고 따르겠다는 편이고 오른쪽이 믿지 못하겠다는 무리다.

아까부터 인내심이 한계에 이른 부옥령이 발끈해서 일어서려는 것을 진검룡이 몇 번이나 말렸었다.

부옥령이 나서서 될 일이 아니라고 생각해서 말린 것이다. 지금은 구구한 설명보다는 이 지루한 상황을 끝내는 어떤 강력한 결단이 필요할 때다.

슥!

이윽고 진검룡이 천천히 일어나서 돌계단 끝을 향해서 걸어가자 민수림과 부옥령이 말없이 따르고 그 뒤에 옥소와 청랑, 은조가 따랐다.

진검룡은 권부익과 당재원 사이에서 걸음을 멈추었다.

"내가 해보겠네."

권부익과 당재원, 적인결 등이 공손히 예를 취하면서 물러서는 것을 보더니 웅성거리던 돌계단 아래 사람들이 갑자기 조용해졌다.

진검룡이 조용히 하라고 시키기도 전에 좌중이 고요해졌다.

진검룡은 돌계단 아래 무리를 향해 정중하게 포권을 해 보이며 자신을 소개했다.

"나는 진검룡이오."

중인들은 진검룡을 쳐다보다가 다들 크게 놀라거나 감탄하는 표정을 얼굴 가득 떠올렸다.

준수한 진검룡과 양옆에 서 있는 천하절색의 미인 민수림, 부옥령 때문이다.

그뿐만 아니라 그녀들 양옆에는 청랑과 은조, 옥소까지 경국지색의 미녀들이 서 있으므로 마치 돌계단 위에 이 땅에 모든 미녀들을 다 모아놓은 것만 같았다.

중인들은 한동안 진검룡과 미녀들을 보느라 멍하니 정신이 팔려 있었다.

진검룡은 이런 경우를 많이 당해봤으므로 느긋하게 소란이 가라앉기를 기다렸다.

이윽고 좌중이 조용해지자 진검룡은 웅혼한 목소리로 말문을 열었다.

"나는 한마디만 하겠소."

그때 좌중에서 누군가 외쳤다.

"귀하는 누구요?"

그러자 주위의 사람들이 꾸짖듯이 마구 소리쳤다.

"누구라니? 저 젊은 사람이 전광신수라고 여태 설명한 것을 듣지 못했소?"

"저기 나란히 서 있는 세 사람이 영웅문의 영웅삼신수(英雄三神手)라고 몇 번이나 설명했소?"

"귀머거리요? 여태 한 말 못 들었소?"

진검룡이 누구냐고 물었던 사람은 뭇매를 얻어맞고 찍소리도 못 하고 조용해졌다.

근래 들어서 부옥령의 활약이 두드러지면서 무정신수라는 별호를 얻게 되었다.

원래 진검룡과 민수림이 영웅쌍신수였는데 거기에 부옥령의 무정신수가 더해져서 영웅삼신수가 된 것이다.

소문이나 별호 따위를 만들기 좋아하는 무림의 호사가들의 작품인 것이다.

진검룡은 다시 조용해지기를 기다렸다가 말했다.

"자! 지금부터 영웅문과 행동을 같이하겠다는 사람은 여기에 남고 그렇지 않은 사람들은 떠나시오."

그의 나직하지만 굵직하고 웅혼한 목소리를 듣지 못한 사람은 아무도 없다.

사람들은 크게 놀라서 또다시 술렁거렸다. 진검룡이 한 말 뜻은 알아듣겠는데 확인이 필요했다.

남게 되면 뭐가 어떻고 떠나면 뭘 어떻게 하겠다는 것인가 하는 확인 말이다.

중인들이 우르르 외쳤다.

"무슨 뜻이오?"

"자세히 설명해 주시오!"

진검룡은 중인들을 조용히 하라고 하지 않고 그들이 조용해질 때까지 기다렸다가 말했다.

"우리와 함께 검황천문과 싸울 사람은 남고 그러지 않을 사람은 떠나라는 얘기요."

좌중 여기저기에서 나직한 탄성이 흘러나왔다.

진검룡은 말을 이었다.

"길게 얘기할 거 없소. 지금 결정해서 행동에 옮기기 바라오. 사분지 일각의 시간을 주겠소."

그러자 중인들의 웅성거림이 더 커졌다.

그때 누가 큰 소리로 물었다.

"검황천문과 싸우지 않으면 무엇을 해야 하오?"

진검룡은 친절하게 대답했다.

"그냥 가만히 있으면 되오."

다른 사람이 물었다.

"싸우지 않으면 돈을 내야 하는 거요?"

"누구한테 말이오?"

"영웅문에게요."

"그럴 필요 없소."

"그럼 어떻게 해야 하는 것이오?"

진검룡은 조금 언성을 높였다.

"다시 말하겠소. 우리와 함께 싸우지 않는 방파와 문파들은 그냥 가만히 있으면 되오."

돌계단 아래 오른쪽, 그러니까 영웅문하고 같이 싸우지 않겠다는 무리 쪽에서 누군가 조심스럽게 말했다.

"그렇다면 어떤 불이익을 당하게 되는 것이오?"

"불이익은 없소."

돌계단 아래 오른쪽의 무리들은 얼굴에 진검룡의 말을 믿지 못하겠다는 표정이 노골적으로 떠올랐다.

같이 싸우지 않겠다는데도 불이익을 주지 않겠다니 그걸 누가 믿겠는가.

"그 말을 믿을 수가 없소!"

"무슨 꿍꿍이가 있는 게 아니오?"

진검룡은 담담한 얼굴로 손을 내저었다.

"그런 것 없소. 그만 가시오."

오른쪽 무리 백여 명은 그래도 뭔가 미심쩍다는 표정을 지으며 선뜻 자리를 뜨지 못했다.

진검룡은 왼쪽의 오십여 명에게 균천각 전각 안쪽으로 손짓을 해 보였다.

"당신들은 같이 들어갑시다."

진검룡은 갈까 말까 머뭇거리고 또 자신들이 무슨 불이익을 당하지 않을까 못 미더워하는 오른쪽 무리를 놔두고 균천각 안으로 걸음을 옮겼다.

오른쪽 무리들이 가든지 말든지 알 바 아니다. 기다리다 지치면 돌아갈 것이다. 이미 그들에게는 볼일도 없고 정나미가 다 떨어졌다.

그때 오른쪽 무리에서 한 명이 돌계단 위로 나는 듯이 달려오며 외쳤다.

"나는 영웅문과 같이 싸우겠소!"

결정을 내리지 못하고 갈팡질팡하다가 막다른 곳에 몰리자 결단을 내린 모양이다.

그러자 그 무리에서 세 명이 더 뛰어나와 웅혼하게 외치면서 돌계단 위로 달려왔다.

"나도 싸우겠소!"

"나도 끼워주시오!"

그들은 이럴까 저럴까 갈등하고 있다가 한 명이 뛰어나가니까 결정을 내려 버린 것이다.

갑자기 네 명이 튀어 나가자 그 무리는 크게 동요하여 소란스러웠지만 더 이상 나오는 사람은 없었다.

진검룡이 걸음을 멈추고 돌아보자 돌계단 위로 뛰어 올라온 네 명은 포권을 하고 허리를 굽히며 우렁차게 외쳤다.

"영웅문과 함께 싸우겠소!"

진검룡은 환하게 웃으며 대전 입구를 가리켰다.

"들어갑시다."

오늘 조양문에 모인 방파와 문파는 총 백육십오 개였다.

그들 중에서 영웅문과 함께 싸우겠다고 나선 방파와 문파가 오십칠 개다.

때는 늦은 오후 무렵이며 균천각 일 층 대전에서 큰 연회가 벌어졌다.

상석에 진검룡을 비롯한 민수림, 부옥령, 다섯 명의 장로들과 옥소, 풍건이 자리를 잡았다.

그 좌우에 영웅문 당주들이 앉았으며, 그다음에 권부익과 당재원, 그들 측근들이 앉았고, 영웅문을 따르기로 한 오십칠 개 방파와 문파의 수장들은 하나의 탁자에 대여섯 명씩 십여 개의 탁자에 나누어 앉았다.

탁자에는 군침이 돌게 하는 맛있는 요리와 향기로운 술이 가득 차려졌다.

진검룡이 좌중을 둘러보며 말문을 열었다.

"여러분은 무슨 생각으로 우리 편이 되었소?"

중인들 중에 한 명이 일어나서 포권을 하며 진지한 얼굴로 대답했다.

"내 문파와 가족들은 내 손으로 지켜야 한다는 생각이오. 그것 말고는 달리 없소."

다른 사람이 일어나 말을 이었다.

"불초는 처음부터 검황천문이 남창과 강서무림을 핍박하는 것이 못마땅했었소! 이제 이런 기회가 주어졌으니 두 번 다시 그들 손아귀에서 놀아나고 싶지 않소!"

"지금이 좋은 기회라고 생각하오. 이런 기회를 놓치면 영원히 검황천문에게서 벗어날 수 없을 것이오!"

검황천문과 싸우면 자신들 방파나 문파가 치명적인 피해를 입을 수도 있을 테고 어쩌면 멸문을 당할지도 모른다.

그런 줄 알면서도 영웅문과 함께 검황천문에 맞서 싸우겠다고 나선 이들 오십칠 명의 행동은 거짓이 한 움큼도 들어 있지 않은 진실 그 자체다.

이들은 이렇게 한번 나선 이상 낙인이 찍혀서 빼도 박도 못하는 상황이 돼버리기 때문이다.

한 시진쯤 지나자 좌중은 술기운이 무르익었다.

술기운만큼 대화도 무르익어서 앞으로 어떻게 할 것인지에 대해서도 대략적으로 정해졌다.

한 방파나 문파에서 이십 명 내지 삼십 명의 정예고수를 선발해서 검황천문의 도발에 대비한다.

조금 작은 방파와 문파에서는 이십 명, 규모가 큰 방파와 문파에서 삼십 명을 선발하면 평균 이십오 명으로 잡으면 총 천사백오십여 명이 된다.

　조양문에서도 오십 명을 선발하면 도합 천오백 명인데 그들 모두는 매일 조양문으로 상반(上班:출근)하여 조양문주 권부익의 명령을 받는 것으로 했다.

　그렇지만 사실상 검황천문에서 남창을 평정하려고 고수들을 보낸다면 그들 천오백 명으로는 막지 못한다.

　그들을 막는 것은 어디까지나 영웅문 정예고수들의 몫이다.

第百十六章

사상 최고의 강적

술 마시며 웃으면서 대화를 나누는 중에 적도방에 주둔하고 있던 검황고수들에 대한 얘기가 나왔다.

　"그들은 검황천문 십이부 중에서 참영부의 고수들이었습니다. 그런데 그들은 어떻게 됐습니까?"

　운검문(雲劍門)의 문주 탁진우(卓眞羽)가 진검룡 쪽을 보면서 궁금한 듯 물었다.

　탁진우를 비롯한 오십칠 명의 수장들은 참영고수들이 얼마나 무서운 존재인지 너무도 잘 알고 있다.

　이 년 전 참영고수들이 처음 남창에 왔을 무렵에는 조양문이 남창을 비롯한 강서무림을 지배하고 있었다.

그때까지만 해도 조양문은 검황천문에 매월 은자 백만 냥을 상납하고 있었다.

그런데 검황천문이 느닷없이 상납금을 은자 삼백만 냥으로 세 배나 올려 버린 것이다.

사실 조양문이 검황천문에 상납금으로 은자 백만 냥씩 보낸 것은 순전히 조양문 혼자서 마련한 돈이었다.

남창과 강서성의 다른 방파나 문파에 피해가 가지 않도록 조양문 혼자 암암리에 돈을 마련해서 매월 검황천문에 상납금을 바쳤으며 그 덕분에 남창과 강서성은 평화를 유지할 수 있었던 것이다.

남창과 강서성 사람들은 그런 사실을 알기에 조양문주 권부익을 존경하는 것이다.

아니, 원래 권부익은 존경을 받을 만한 인물인데 그것 때문에 존경심이 한층 높아졌다.

조양문주 권부익은 매월 은자 삼백만 냥을 달라는 검황천문의 요구를 일언지하에 거절했다.

그랬더니 검황천문에서 기다렸다는 듯이 참영고수 삼십 명을 보낸 것이다.

부옥령이 조용한 목소리로 말했다.

"태공자라는 놈이 참영고수들하고 같이 있었어요."

적도방 무련총교부로 있던 당재원은 태공자에 대해서 잘 알고 있었다.

"그자는 검황천문 태문주 동방장천의 적전제자(嫡傳弟子)인데 초극고수요."

오십칠 명 중 한 명이 궁금한 얼굴로 물었다.

"태문주의 제자는 검천태제가 아니오?"

이번에는 무불통지인 적인걸이 설명했다.

"사십팔 명의 검천태제들은 기명제자(記名弟子)요. 적전제자하고는 근본적으로 다르오."

"아… 그렇소?"

소림사를 예로 들자면 소림제자들은 전부 소림장문인의 제자들이고 직계 일대제자들을 기명제자라고 한다.

그렇지만 소림장문인의 모든 것 즉, 지위와 일신절학을 물려받을 제자는 적전제자다.

장차 적전제자 중에 한 명이 소림장문인이 되고 소림사를 대표하는 초절정고수가 되는 것이다.

"동방장천에겐 적전제자가 세 명 있소. 그들은 태공자와 태소저(太小姐)라고 부르는데 모두 다섯 명이오."

중인들은 새로운 사실을 알게 되어 적잖이 감탄하며 고개를 끄떡였다.

"적도방에 왔던 태공자는 이름이 현도성이며 혈성공자(血星公子)라는 별호를 갖고 있소."

그러자 여기저기에서 앗! 엇! 하는 탄성이 터져 나왔다.

중인들은 혈성공자라는 별호를 들어본 적이 있다면서 저마

다 자신이 들은 소문에 대해서 얘기했다.

혈성공자는 얼마 전부터 장강 하류 일대에서 제법 명성을 떨치고 있는 별호다.

매우 젊고 준수한 청년인데 그와 싸운 사람들은 단 한 명도 살아남지 못했다는 것이다.

하지만 그가 검황천문 태문주의 적전제자인 줄은 아무도 모르고 있다.

무림에 출현한 지 반년 만에 서너 개 성(省)에 걸쳐서 그 정도 명성을 날렸다는 것은 여기에 있는 몇 사람을 빼고는 상대할 자가 없는 대단한 고수라는 뜻이다.

물론 여기에 있는 몇 사람은 영웅삼신수를 가리킨다.

태공자하고 싸워본 부옥령이 봤을 때 진검룡과 민수림은 태공자를 충분히 이길 수 있을 것 같았다.

그 외에 훈용강을 비롯한 청랑, 은조, 옥소, 동방해룡, 동방도혜, 그리고 당주들은 태공자보다 한 수 위다. 진검룡이 임동양맥을 소통시켜 주었기에 가능한 일이다.

이들이 개인적으로 활약하지 않아서 그렇지 만약 지금이라도 강호에 나간다면 오래지 않아서 혈성공자를 능가하는 명성을 드날릴 것이 분명하다.

영웅문 간부들 중에서는 동방해룡, 동방도혜 남매가 단연 최고로 고강하다.

원래도 고강했었는데 임독양맥을 소통하고 나서 공력이 각각 사백이십 년과 사백십 년이 돼버렸으므로 영웅문 내에서도 단연 독보적이다. 진검룡이 이들 남매를 괴물로 만들어 버린 것이다.

진검룡이 믿고 있는 것이 바로 자신이 임독양맥을 소통해 준 간부급들과 영웅호위대 고수들이다.

사실 진검룡은 그들을 믿고 일을 크게 벌이고 있는 중이다. 예전 같으면 검황천문하고 정면으로 맞닥뜨리는 일은 될 수 있으면 피했을 테지만 지금은 그들 덕분에 정면 대결 같은 것은 조금도 두려워하지 않는다.

당재원이 중인들에게 설명했다.

"좌호법께서 혈성공자에게 중상을 입혔다고 들었소."

그러자 모두의 시선이 진검룡 왼쪽에 앉아 있는 부옥령에게 집중됐다.

쟁쟁한 혈성공자에게 천하절색의 십칠팔 세 소녀가 중상을 입혔다니까 놀라지 않을 수가 없다.

부옥령은 태공자와 싸우다가 방심한 탓에 그의 금혈신강에 당해서 중상을 입고 혼절했던 기억이 나서 얼굴을 찌푸리면서 아무 말도 하지 않고 술을 마셨다.

진검룡이 대신 설명했다.

"그놈은 중상을 입고 도망쳤네."

"제 발로 도망쳤습니까?"

무엇이든지 알고 싶어 하는 적인결이 급히 묻자 진검룡은 고개를 가로저었다.

"아냐, 검황천문 참영고수 두 명이 태공자를 안고 도주해 버린 거야."

"그걸 주군께서 직접 보셨습니까?"

"적도방에 있는 참영고수가 모두 삼십 명이랬지?"

"그렇습니다."

"참영고수를 다 죽이고 나서 세어보니까 스물여덟 명이더군. 태공자도 보이지 않고 말이야."

"아……."

그러니까 참영고수 두 명이 태공자를 안고 도망쳤다는 추측이 나오는 것이다.

적인결이 다시 물었다.

"참영고수 이십팔 명은 누가 죽였습니까?"

진검룡은 양팔로 양쪽에 앉은 민수림과 부옥령의 어깨를 감싸고 살짝 자신 쪽으로 당겼다.

"우리 셋이 해치웠지."

떠오르는 태양 같은 젊은 영웅 진검룡이 천하절색 두 미녀를 양팔로 안고 있는 광경은 눈부시도록 멋있었다.

"오……! 과연 영웅삼신수께서 참영고수 이십팔 명을 주살하셨군요."

적인결은 중인들에게 그 사실을 강조하고 싶었다.

진검룡 측근을 제외하고 여기에 있는 인물들 중에서 참영고수와 일대일로 싸울 수 있는 사람은 권부익과 당재원 정도일 것이다.

권부익과 당재원은 각자가 참영고수 두 명과 싸우면 팽팽할 것이다. 그러니까 두 사람은 실력으로 남창에서 선두를 다투고 있다.

"적도방주는 어찌 됐습니까?"

오십칠 명은 조금씩 진검룡 등에 존경심이 깊고 높아지는 것 같았다.

적인결이 대답했다.

"그자는 제압되어 감금했소이다."

"그자를 어찌할 겁니까?"

"죽이지 않습니까?"

오십칠 명은 적도방주에 대한 원한이 깊으므로 모두 그를 죽여야 한다는 의견이다.

적인결이 말을 이었다.

"적도방주 양번 외에도 그자를 따르는 무리 오십여 명을 제압해서 감금했소."

적인결은 진검룡을 쳐다보았다.

"그들을 어떻게 할 것인지는 주군께서 결정하실 것이오."

그렇지만 진검룡은 그들을 어떻게 할 것인지에 대해서 가타부타 별다른 말이 없다.

그때 누군가 손을 들었다.

"불초는 한 가지 의견이 있습니다!"

적인결이 고개를 끄떡였다.

"말해보시오."

그는 남창 운검문주 탁진우다.

"조양문이 영웅문 남창지부가 됐다고 들었습니다."

"그렇소."

아까 그것에 대해서 자세히 설명을 해주었다.

탁진우는 아예 일어나서 진검룡을 보며 포권을 하고 정중하게 말했다.

"본문은 영웅문의 장천(長川)분타가 되기를 원합니다!"

운검문이 위치해 있는 곳은 남창 성내 장천이라는 곳이다.

그러자 질세라 몇 사람이 불쑥불쑥 일어나서 자신도 영웅문의 분타를 하고 싶다고 외쳤다.

진검룡은 소소를 쳐다보았다.

"소야, 어찌했으면 좋겠느냐?"

조양문 자리에 앉아 있는 소소는 진검룡을 보면서 아름답게 미소 지었다.

"그렇게 하는 것이 좋겠어요."

권부익은 일어난 사람이 오십칠 명 중에서 이십여 명이나 되는 것을 보고 난감한 표정을 지었다.

"무슨 방법이 있는가?"

소소는 막힘없이 대답했다.

"남창과 횡항은 지역이 워낙 넓기 때문에 분타가 많아도 상관이 없어요."

그의 말이 끝나자마자 눈치를 보고 있던 다른 사람들도 우르르 일어섰다.

"우리도 분타를 하고 싶습니다!"

결국 오십칠 명이 다 일어섰다. 그들은 어떻게 해서라도 영웅문과 줄을 연결하고 싶은 것 같았다.

권부익이 더욱 난감한 표정을 짓는데도 소소는 아랑곳하지 않고 적인결에게 부탁했다.

"적 아저씨, 이분들을 지역별로 분류할 수 있겠어요?"

"그야 어렵지 않지."

적인결은 척 일어서더니 모두에게 앉으라는 손짓을 해 보이고 나서 그들을 한 명씩 둘러보았다.

"어디 보자……."

이어서 그는 누가 어디에 사는 어떤 방파의 수장이고 또 누구는 어디의 어떤 문파의 수장인지 오십칠 명을 한 명도 빠짐없이 술술 다 읊었다.

소소는 지필묵을 꺼내 적인결이 말하는 대로 적었다.

잠시 후에 소소는 진검룡을 보며 공손히 물었다.

"주군, 말씀드릴까요?"

그의 말투나 목소리, 행동은 '오빠~' 하고 부르는 것처럼 다정했다.

"그래라."

소소는 오십칠 명의 지역과 방파, 문파를 최종 열두 개로 묶고서 말했다.

"남창 성내와 횡항 현내 도합 열두 개 분타를 두고 다른 사십오 방파와 분타는 가까운 분타의 지분타(支分陀)로서 협력하도록 합니다."

"좋다."

진검룡이 고개를 끄떡이자 부옥령이 말했다.

"각 분타와 지분타에겐 매월 은자 십만 냥씩 운영비를 지급하겠어요."

"아……."

"오오……."

오십칠 명은 탄성을 터뜨리면서 이게 꿈인지 생시인지 모르겠다는 표정을 지었다.

남창제일문파인 조양문 같은 큰 문파도 매달 운영비로 은자 이십만 냥 정도 소요된다.

그러니까 오십칠 개 방파나 문파들은 은자 십만 냥이면 한 달 운영비로 떡을 치고도 남을 것이다.

소소는 화사한 미소를 지으면서 우쭐거렸다.

"들었죠? 다들 이번 달부터 운영비가 지급될 거예요."

"맙소사……."

"대체 이게 무슨……."

오십칠 명은 어리둥절한 표정을 지었다. 영웅문과 같이 싸우지 않겠다고 한 방파와 문파들은 영웅문에 상납금을 내야 하느냐고 물었는데 이제 보니까 외려 영웅문에서 자기 편이 된 방파와 문파들에게 운영비를 지급한댄다.

그 바람에 장내는 더욱 화기애애해져서 분위기가 후끈 달아올랐다.

모두들 진검룡에게 술을 권하느라 줄을 길게 섰다.

그걸 보고 부옥령이 발을 쿵! 구르며 호통을 쳤다.

"이게 무슨 짓이냐?"

다들 화들짝 놀라서 그녀의 눈치를 살폈다.

부옥령은 자신의 빈 술잔을 내밀면서 엄하게 꾸짖었다.

"어째서 나는 술을 따라주지 않는 거죠? 사람 차별하는 건가요?"

그러자 사람들이 술병을 쥐고 그녀에게 우르르 몰려갔다.

그런 소란 아닌 소란이 벌어지고 있을 때 대전 입구 밖에 허공에서 한 사람이 소리 없이 내려서는 것을 감지한 사람은 아무도 없었다.

* * *

장내가 소란스러운 탓에 진검룡과 민수림, 부옥령은 외부인의 출현을 전혀 모르고 있었다.

외부인은 아무런 방해도 받지 않고 천천히 대전 안으로 걸어 들어갔다.

지금은 대전 입구를 지키는 무사가 없으므로 아무도 그를 제지하지 않았다.

들어서고 있는 외부인은 다름 아닌 자염빙이다. 요계의 여황 요천여황, 바로 그녀였다.

그녀는 자색의 화사한 폭이 넓은 상의와 긴 치마를 입었으며 마치 하늘에서 하강한 선녀 같은 우아한 모습이다.

그렇지만 눈에 확 띄는 모습이 아니라서 사람들 시선을 끌지 않았다.

탁자에 둘러앉아 유쾌하게 웃으면서 대화하며 술을 마시고 있는 사람들은 새로운 화제 때문에 자염빙에게 그다지 신경을 쓰지 않았다.

대전에 백여 명 가까운 사람들이 웃고 떠들면서 술을 마시는 데다 하녀들이 부지런히 드나들면서 요리와 술을 나르고 또 시중을 들고 있어서 그 속에 파묻혀 있는 자염빙은 별로 눈에 띄지 않았다.

자염빙은 우글거리는 사람들 사이를 지나서 조금씩 안으로 깊이 걸어 들어갔다.

상석 쪽을 보니까 젊은 청년과 소녀들을 중심으로 여러 명이 앉아 있는데 그들이 이곳의 상전인 것 같았다.

그런데 무심코 그쪽을 쳐다보던 자염빙의 시선이 한곳에

뚝, 정지했다.

그녀의 시선이 멈춘 곳에는 세 사람이 앉아서 유쾌하게 대화를 나누고 있었다. 세 사람은 바로 진검룡과 민수림, 부옥령이었다.

자염빙의 얼굴에 적잖은 감탄과 놀라움이 떠올랐다. 다른 이유가 아니라 거기에 앉아 있는 일남이녀가 너무도 준수하고 아름답기 때문이었다.

자염빙은 사손 현도성의 복수를 하려고 이곳에 왔다.

검황천문에서 보낸 전서구가 도착하여 현도성에게 희대의 영약 한 알을 복용시키고 심장박동과 맥박이 돌아온 것을 확인한 이후에 참영고수 둘을 앞세워서 이곳으로 온 것이다.

진검룡 등은 아직 자염빙을 발견하지 못했다. 아니, 봤지만 신경 쓰지 않았다. 탁자 사이를 오가는 하녀들 중에 한 명일 것이라고 대수롭지 않게 보아 넘겼다.

그때 조양문 호위무사 복장을 한 장한 한 명이 대전 입구에서 얼쩡거렸다.

그는 적도방에서 부옥령에게 중상을 당한 현도성을 구출해서 도주했던 참영고수 중 한 명이다.

그는 안쪽을 기웃거리다가 부옥령을 발견하고 즉시 자염빙에게 전음을 보냈다.

[대부인, 상석의 일남이녀 중에 오른쪽 머리카락을 하나로 묶은 홍의소녀입니다.]

자염빙의 시선이 이끌리듯 부옥령에게 꽂히더니 조금 놀라는 표정을 지었다.

'하아… 설마 성아가 저렇게 아름답고 어린 소녀에게 당했다는 말인가?'

어디로 봐서 저 여리고 어린 소녀가 현도성을 그 지경으로 만들 수 있겠는가.

자염빙은 정말 저 소녀가 맞는지 확인하려고 대전 입구의 참영고수를 돌아보았다.

참영고수는 자염빙이 자신을 쳐다보는 이유를 짐작하는지 고개를 끄떡이면서 다시 전음을 보냈다.

[저 홍의소녀가 틀림없습니다. 분명합니다. 지금 술잔을 들어 올리고 있는 바로 저 소녀입니다.]

그렇다면 맞는 것이다. 참영고수가 두 번이나 확인해 주었으니 잘못 봤을 리가 없다.

자염빙은 부옥령을 향해 똑바로 걸어갔다. 자염빙은 하녀들보다 훨씬 아름답고 걸음걸이나 동작이 우아하지만 사람들은 눈여겨서 보지 않았다.

그녀에게선 살기나 별다른 이상한 기운이 풍기지 않았다. 그녀 정도 경지에 이르면 모든 것을 초월하게 된다.

민수림은 한 여자가 자신들의 탁자 쪽으로 똑바로 걸어오는 것을 보았다.

하녀가 아니다. 하녀하고는 복장이 조금 다르다. 아니, 그보다는 선녀 같은 화사하고 멋들어진 옷차림을 했다.

민수림은 그녀가 하녀들과 다른 복장을 하고 있지만 적이라고는 여기지 않았다.

그녀에게서 단 한 움큼의 살기나 적의를 감지하지 못했기 때문이다.

민수림은 삼십 대 중반으로 보이는 아름다운 여자가 자신들에게서 다섯 걸음 거리에 멈춰서 두 손을 허리에 얹는 것을 바라보았다.

자염빙은 부옥령을 주시하며 입을 열었다.

"네가 성아를 다치게 했느냐?"

그 말을 듣는 순간 진검룡과 민수림, 부옥령은 그녀가 보통이 아니라는 사실을 깨달았다.

그녀가 말하는 '성아'가 누군지 모르고 무엇 때문에 그런 말을 하는지도 모르지만 결코 평범한 사람이 아니라는 한 가지 사실은 분명했다.

부옥령은 술이 조금 취했으나 그런 것은 문제가 되지 않았다. 그녀는 지그시 자염빙을 바라보며 물었다.

"성아는 누구고 아줌마는 누구죠?"

자염빙은 아미를 찌푸렸다.

"아… 줌마?"

그러나 그녀는 자신을 '아줌마'라고 부른 것으로 트집을 잡지는 않았다.

그럴 수도 있기 때문이다. 그녀는 나름 수양과 교양을 갖추고 있다.

자염빙은 적진 한가운데 들어와 있으면서도 추호도 위축되지 않은 모습으로 조용히 말했다.

"성아는 검황천문 태문주의 제자인 현도성이고 나는 그 아이의 사조모다."

진검룡과 민수림, 부옥령은 움찔 가볍게 놀라며 동시에 동작을 뚝 멈추었다.

진검룡과 민수림이 일어서려고 하자 부옥령이 팔을 뻗으며 만류했다.

"두 분은 그냥 앉아계세요."

아직까지도 대다수 사람들은 시끌벅적하게 떠들고 있어서 진검룡 등에게 무슨 일이 일어나고 있는지 아는 사람들은 측근들뿐이다.

부옥령은 술잔을 손에 쥔 채 자염빙을 응시하면서 차분하게 말했다.

"태공자 현도성의 사조모라면 당신이 바로 요천여황 자염빙이겠군요."

자염빙은 조금 뜻밖이라는 표정을 지었다. 그녀와 남편이 검황천문 태문주의 사부와 사모라는 사실은 천하에 전혀 알려지지 않았기 때문이다.

그러나 부옥령은 검황천문의 영원한 맞수 천군성의 좌호법으로서 그런 사실을 모를 리가 없다.

천하의 중요하고 비밀스러운 정보라면 빠짐없이 꿰고 있는 부옥령이다.

자염빙은 부옥령이 자신을 단번에 알아보자 조금 놀라서 그녀를 뚫어지게 주시했다.

"아가씨는 누구지?"

자염빙은 결코 우악스러운 사람이 아니라서 당장 죽일 사람이라고 해도 격한 말투를 사용하지 않는다.

진검룡의 탁자 좌우 가까운 곳에 있는 영웅장로 다섯 명과 총당주 풍건을 비롯한 옥소, 청랑, 은조, 영웅문 당주급들은 방금 부옥령과 자염빙의 대화를 들었다.

기억을 잃은 청랑을 제외한 모든 사람들은 요천여황 자염빙이 누군지 너무도 잘 알고 있으므로 크게 놀라서 눈을 화등 잔처럼 크게 떴다.

천하는 크게 다섯의 세계가 있으며 그것을 천하오계(天下五界)라고 한다.

백(白). 흑(黑). 마(魔). 요(妖). 독(毒)이 그것이다.

백은 말할 것도 없이 정파이며 흑은 사파, 마는 마도, 요는 요계, 독은 독계(毒界)다.

현재 천하오계에는 다 절대자가 존재한다. 백계, 즉, 정파에도 절대지존(絶代至尊)인 북두신검(北斗神劍)이 존재한다.

천하 무림을 둘로 쪼개서 천군성과 검황천문이 서로 으르

렁거리면서 싸우고 있으며 우내십절이라는 불세출의 초극고수들이 망라되어 있으나 그 모든 것들 위에는 찬란하게 빛나는 제일인자 북두신검이 존재하고 있는 것이다.

그렇듯이 천하오계에는 각각 절대자들이 존재하는데 지금 진검룡 등의 눈앞에 서 있는 아름다운 미부인이 바로 요계의 절대자 요천여황이라는 것이다.

진검룡의 측근들은 경악하여 자리에서 일어나 주위로 하나둘 모여들었다.

그들은 여차하면 자염빙을 합공하여 진검룡 등을 보호하려는 심산이었다.

부옥령은 상대가 요계 절대자 요천여황이라는 사실에 조금 긴장했다.

하지만 긴장감보다는 흥미를 더 느꼈다. 원래 무서움이라는 것을 모르는 데다 세상 모든 일에 끝없이 호기심을 느끼는 그녀이기에 생전 처음 보는 요천여황에게 두려움보다는 짙은 흥미를 느꼈다.

부옥령은 일어나서 두 손을 가느다란 허리에 얹고 자염빙을 똑바로 주시했다.

"당신의 사손 현도성이라는 놈이 내게 중상을 입었기 때문에 볼일이 있는 건가요?"

자염빙은 부옥령이 자신을 한눈에 알아봤다는 사실에 적잖이 놀라고 있는 중이다.

그녀는 자신을 '현도성의 사조모'라고만 밝혔는데 부옥령이 즉시 알아차린 것이다.

"너, 누구지?"

그래서 자염빙은 다시 한번 같은 질문을 했다. 영웅문의 좌호법 같은 도식적인 대답 말고 더 구체적인 대답을 원하는 것이다.

부옥령은 자염빙이 묻는 의도를 알면서도 입가에 흐릿한 냉소를 머금으며 태연하게 대꾸했다.

"못 들었나요? 나는 영웅문의 좌호법이에요."

"별호는?"

자염빙은 아직 천하절색의 미모를 지닌 눈앞의 어린 소녀가 누군지 모르기에 더욱 파고들었다.

"무정신수예요."

자염빙은 아미를 곱게 살짝 찌푸렸다. 무정신수라는 별호는 들어본 적이 없기 때문이다.

그녀의 기억에 남아 있는 별호는 최소한 십여 년 전에 대강남북을 호령하거나 현재라고 해도 천하를 위진시키는 엄청난 별호여야만 한다.

"이름은 뭐지?"

자염빙은 자신의 물음에 부옥령의 눈이 아주 가볍게 흔들리는 것을 놓치지 않았다.

'뭔가 있다……!'

겉으로는 한없이 자비롭게 보이지만 천하의 어느 누구보다 예리한 성격의 자염빙은 부옥령이 흘린 아주 미세한 단서 하나를 건져 올렸다.

요천여황 자염빙의 올해 나이는 팔십오 세다. 천하와 인물에 대해서 끝없는 탐구심을 취미로 삼고 있는 그녀는 부옥령의 모습이 눈에 보이는 게 전부가 아니라고 확신했다.

'반로환동이라는 건가?'

그래서 상상하는 것만으로도 심장이 쫄깃해지는 위험한 생각을 해보았다.

자염빙은 이미 이십 년 전에 반로환동의 경지에 올라선 후 그때부터 지금까지 더 이상의 진전이 없다.

하지만 그것만으로도 그녀는 자신의 남편 외에는 아직 이렇다 할 적수를 만난 적이 없었다.

자염빙은 입가에 아주 흐릿한 미소 한 가닥을 매달고 부옥령을 다시 한번 찔렀다.

"이름이 뭐냐고 물었다."

부옥령은 자신이 이름을 밝히면 자염빙만이 아니라 지금 이 대전 안에서 자신의 정체를 의심할 사람이 두 명은 될 것이라고 짐작했다.

그 두 명은 바로 자염빙과 적인결이다.

부옥령의 원래 별호는 흑봉검신(黑鳳劍神)이다. 천하 무림에서 그 별호를 모르는 사람은 아마 단 한 명도 존재하지 않을 것이다.

그 정도로 대강남북을 위진시킨 엄청난 별호다. 아니, 그만큼 천군성의 좌호법이라는 신분이 어마어마하다는 뜻이다.

부옥령은 지금 여기에서 자신의 이름을 밝힐 수는 없다고 판단했다.

"당신에게 내 이름을 말해줄 이유가 없잖아요?"

자염빙은 눈을 좁혔다. 그렇게 하자 긴 속눈썹이 우아하게 뻗어 나와서 그녀를 더욱 우아하게 보이도록 했다.

진검룡은 약간 넋을 잃고 자염빙을 바라보았다. 사실 그는 근래 들어서 자신만의 여성관이랄까 미인관 같은 것이 생겨서 그것을 정리하고 있는 중이다.

그의 주위에는 우선 천하에 짝을 찾기 어려울 정도의 절세미녀 두 사람, 민수림과 부옥령이 있다.

그뿐 아니라 청랑과 은조, 옥소, 현수란, 유려, 당하선, 우순현 등 경국지색의 미녀들이 많다.

더구나 놀라운 것은 그녀들의 미모가 비슷하지 않고 다 제각기 독특하다는 사실이다.

그런데 조금 전에 등장한 자염빙이라는 미녀는 진검룡이 이미 알고 있는 그런 미모하고는 격이 다른 매우 흥미 있는 미모를 지니고 있는 것이 아닌가.

자염빙은 아마도 그녀 특유의 표정인 것 같은 묘한 미소를 지으며 실눈을 뜨고 부옥령을 바라보았다.

"이름을 밝히지 못할 속사정이라도 있느냐?"

그 말에 부옥령은 발끈해서 그녀답지 않은 말을 쏘아냈다.

"속사정은 당신 자염빙이 훨씬 더 많지 않은가요?"

"뭐라고?"

이때부터는 수양과 교양이 깊은 자염빙마저도 감정이 조금 흔들렸다.

第百十七章

경천동지의 대결

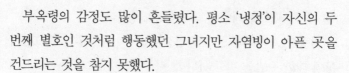

　부옥령의 감정도 많이 흔들렸다. 평소 '냉정'이 자신의 두 번째 별호인 것처럼 행동했던 그녀지만 자염빙이 아픈 곳을 건드리는 것을 참지 못했다.

　그런 점에서는 자염빙도 마찬가지다. 그녀는 십여 년 동안 드러낸 적이 없던 폐부 깊은 곳의 잘 드는 심도(心刀)를 꺼내 들었다.

　"방금 그 말이 무슨 뜻인지 말해라."

　부옥령은 방금 그 말을 해놓고서 조금쯤은 아차 싶었는데 자염빙이 말하라고 하니까 배알이 뒤틀렸다. 그녀는 원래 그런 성격이다.

"나는 이름을 밝히지 못할 속사정 따윈 없어요. 그러나 당신이야말로 세상에 드러낼 수 없는 끈적한 속사정이 하나 있는 것으로 아는데요?"

"너……."

자염빙의 실눈이 세모꼴이 됐다. 과연 그녀에겐 세상에 드러내지 못할, 그리고 드러내서도 안 되는 깊은 속사정, 아니, 아픈 사연이 하나 있다.

하지만 그녀는 설마 부옥령이 그걸 알고 있을 것이라는 생각은 들지 않았다.

남천 검황천문에 탐라부가 있다면 북성 천군성에는 풍영전(風影殿)이 있다.

염탐과 추적, 감시, 정보 수집에 있어서는 풍영전이 천하제일이라는 사실을 개방과 탐라부도 인정한다.

'바람의 그림자'라는 그 풍영전에서 극비리에 알아낸 요천여황에 대한 은밀한 비밀 하나를 지금 부옥령은 머릿속으로 그리고 있는 것이다.

부옥령은 차마 그것까지는 발설하지 않고 그냥 얼버무리려고 했다.

그런데 자염빙은 지금까지와는 달리 노골적으로 살기를 드러냈다.

"너, 그걸 말한다면 목숨만은 살려주겠다."

그 말이 부옥령의 자존심을 긁었다.

부옥령은 경멸하듯 코웃음을 치면서 말했다.

"흥! 내가 말할 테니까 제발 나를 죽여다오."

말하면 살려준다는 것이 그녀의 속을 뒤집은 것이다.

강 대 강, 자존심 대 자존심, 섬세함 대 섬세함의 대결이다.

자염빙은 '말할 테니까 죽여달라'라는 부옥령의 말에 조금 경계심이 살아났다.

사실 무림에는 정해져 있지는 않지만 무림 저변에 널리 알려져 있는, 무공 수준에 적절히 맞는 말투라는 것이 있다.

하수는 하수의 저열하고 교활한 말투가, 고수는 고수다운 여유의 말투가 말이다.

그런데 방금 부옥령이 사용한 말투는 자염빙 정도의 초절고수가 할 수 있는 말이다.

호한식호한(好漢識好漢), 영웅은 영웅을 알아보고 고수는 고수를 감지하는 법이다.

자염빙은 호승심과 흥미를 동시에 느끼고 호기롭게 고개를 끄떡였다.

"말해라. 죽여주마."

그 말에 부옥령은 호승심이 불끈 생겼다.

"흥! 한남고동(韓南高東)이 짝짜꿍 바람피운 얘기를 모르는 사람이 있을까?"

순간 자염빙의 눈이 약간 커지면서 동공이 흔들렸다.

부옥령은 그녀의 그런 반응을 예견하고 있었으므로 득의한 미소를 지었다.

"당신, 고동이라는 사람 알지?"

"……."

진검룡과 민수림, 그리고 측근들은 자염빙이 착잡한 표정으로 굳어버린 것 같은 모습을 보았다.

한남고동이라는 말은 자염빙에게는 금기어다. 그녀 앞에서 그런 말을 꺼내는 사람은 거의 없지만 꺼내는 즉시 처참하게 죽음을 당했다.

부옥령은 그 말을 꺼냄으로써 이미 돌아오지 못할 강을 건넌 것이다.

고동은 사람의 이름이 아니라 동쪽에서 온 고은산(高銀山)이라는 남자를 가리키는 별칭이다. 고씨 성의 남자가 동쪽에서 왔다는 뜻이다.

한남은 자염빙인데 그녀의 원래 성은 한(韓)이며 남(南)쪽 지방의 명문가 출신이라서 한남이라고 했다.

그래서 두 사람을 부르는 별칭이 한남고동이 되었다.

한마디로 한남과 고동은 젊은 시절에 만나자마자 뜨거운 사랑을 나누었다.

지금으로부터 육십삼 년 전의 일이다. 이십이 세의 꽃다운 처녀였던 자염빙은 그 당시에 강호에 신선한 돌풍을 일으키고 있던 젊고 준수한 청년 고수 고은산을 만났다.

두 사람은 첫눈에 서로에게 반해서 며칠 지나지도 않아 활

화산처럼 뜨거운 사랑에 빠져 버렸다.

그때부터 두 사람은 연인이 되어 어디를 가더라도 그림자처럼 떨어지지 않고 꼭 붙어 다녔다.

자염빙과 고은산은 혼인을 하지 않았지만 부부처럼 행동했으며 두 사람의 주위 사람들도 그들을 부부로 인정해 주었다.

자염빙은 무림의 명문대파인 아미파 장문인의 제자로 십오 년 동안 수련하다가 환속하여 가문의 대를 이을 준비를 하고 있는 중이었다.

고은산은 동쪽 끝 장백파 장문인의 대제자로서 경험을 쌓기 위하여 중원무림을 주유하던 중에 자염빙을 만나 사랑에 빠져 버렸다.

두 사람은 자신들의 본분을 까맣게 망각한 채 천하를 주유하면서 달콤한 사랑의 꿀을 빨아 먹기에 정신이 없었다.

이후 두 사람 사이에 아들이 생겼으며 이후 그들은 아무도 모르는 곳에 은거해 버렸다.

거기까지가 한남고동에 대해서 사람들이 알고 있는 전부다.

그렇지만 부옥령은 다른 사람들보다 한남고동에 대해서 조금 더 많이 알고 있다. 바로 그것을 천군성의 풍영전이 알아냈던 것이다.

자염빙은 눈빛으로 부옥령을 얼려 버릴 것처럼 싸늘하게 쏘아보았다.

그것은 여태까지 그녀가 보여준 차분한 행동과 여유 있는 표정하고는 거리가 멀었다.

"너는 설마……."

부옥령은 간덩이가 크다. 자염빙의 이 정도 엄포에 얼어버
릴 여자가 아니다.

부옥령은 명랑한 얼굴로 고개를 끄떡였다.

"물론이지. 나는 당신들이 은거한 이후에 벌어진 일까지도
알고 있어."

"으음……!"

한남고동은 갓난 아들과 은거한 이후 일 년 동안 삼생을 살
면서 다 누릴 만큼의 행복을 한껏 맛보았다.

그러나 일 년이 지난 어느 날, 그녀는 갑자기 전혀 다른 곳
에서 모습을 드러냈다.

자염빙은 여태까지와는 다른 요구를 했다.

"입 다물어라."

지금까지는 부옥령에게 말을 해보라고 하더니 이제는 입을
다물라는 것이다.

부옥령은 특유의 차가운 미소를 지었다.

"이봐, 당신은 누가 고동과 아기를 죽였는지 알아?"

부옥령은 자염빙이 말하라고 해서 하고 하지 말라고 해서
하지 않는 여자가 아니다.

자염빙은 두 눈에서 새파란 안광을 뿜어냈다.

"한마디만 더 하면 갈가리 찢어 죽이겠다."

부옥령은 고개를 젖히고 명랑하게 웃었다.

"아하하하하! 아까는 말하라고 하더니 이젠 하지 말라는 거야? 어째서 변덕을 부리는 거지?"

부옥령은 천천히 일어나서 자염빙에게 다가갔다.

"당신이 모르고 있는 사실을 내가 하나 알려줄까?"

자염빙은 눈빛으로 부옥령을 죽일 것처럼 쏘아볼 뿐 가만히 있었다.

자염빙이 모르고 있는 사실을 말해주겠다는 부옥령이 방금 한 말 때문이다.

부옥령은 자염빙 옆을 스쳐 지나면서 짤랑짤랑한 목소리로 말했다.

"당신은 호남 제천검가(制天劍家)에서 고동과 아기를 죽였다고 알고 있지?"

자염빙의 눈이 커졌다. 그녀는 막 자신을 스쳐 지난 부옥령을 잡으려는 듯 번개같이 손을 뻗었다.

스읏…….

그러나 부옥령의 모습이 흐릿해지더니 어느새 대전 입구에 나타났다.

부옥령은 대전 밖으로 나가면서 계속 말했다.

"진실을 알고 싶으면 당신이 날 제압해야 할 거야."

부옥령은 어차피 자염빙과 한판 싸움이 불가피할 텐데 사람들이 많은 대전 안에서는 곤란하다고 여겨 대전 밖으로 나간 것이다.

자염빙이 몸을 돌리는가 싶더니 빛처럼 빠른 속도로 대전을 나서고 있다.

부옥령과 자염빙이 밖으로 나가자 진검룡은 민수림을 보며 온화하게 말했다.

"나갈 겁니까?"

민수림은 일어나면서 살짝 미소 지었다.

"그래야 할 것 같아요."

그녀는 자염빙을 대단한 고수라고 여겼기에 자신과 진검룡이 부옥령을 도와야 할지도 모른다고 생각했다.

진검룡과 민수림이 대전 입구로 걸어가자 측근들과 다른 사람들도 우르르 뒤따랐다.

사람들은 느닷없이 불쑥 나타난 미부인이 요천여황이라는 사실을 알고 까무러칠 정도로 경악했다.

천하오계의 절대자를 직접 눈으로 목격하는 것은 한평생을 살아도 결코 쉽지 않은 일이기 때문이다.

대전에 있는 사람들 중에서 한남고동에 대한 일을 알고 있는 사람은 십여 명에 불과했다.

천하에 알려졌다고 해도 코흘리개까지 알고 있을 정도로 유명한 일화가 아닌 것이다.

그러나 무불통지인 적인결이라고 해도 한남고동에 대해서는 세상 사람들이 알고 있는 정도만 알 뿐이다.

사람들이 우르르 대전 밖으로 나가자 적인결은 제일 앞서서 달려 나갔다.

　부옥령이 한남고동에 대해서 하는 말을 조금이라도 더 듣고 싶었기 때문이다.

　돌계단 아래 마당에는 부옥령과 자염빙이 열 걸음 정도의 거리를 둔 채 마주 보고 서 있다.

　부옥령은 태연한 표정으로 자염빙에게 말했다.

　"자, 이제 손을 써봐."

　자염빙은 아미를 곱게 찌푸렸다.

　"너는 누구냐?"

　자염빙은 부옥령이 반로환동의 경지에 이르렀기에 어린 소녀의 모습을 하고 있는 것이라고 짐작했다.

　지금 부옥령은 십칠 세 정도 소녀의 모습을 하고 있는데 그녀가 보여주고 있는 언행은 절대로 십칠 세 소녀의 그것이 아닌 것이다.

　부옥령은 꾸짖듯이 말했다.

　"말하지 않았나? 영웅문 좌호법이라고 말이야."

　자염빙은 눈을 좁혔다.

　"진짜 정체를 밝혀라. 이름이 뭐냐?"

　그때 문득 부옥령은 돌계단 위에 서 있는 진검룡이 막 입을 열려는 것을 발견하고 급히 그에게 전음을 보냈다.

[아무 말도 하지 마세요.]

부옥령이 짐작했던 대로 진검룡은 그녀의 이름을 말해주려고 했다가 급히 입을 다물었다.

만약 자염빙이 부옥령의 본명이 무엇인지 안다면 그녀가 천군성 좌호법이라는 사실을 기억해 낼 것이다.

그런데 부옥령이라는 이름을 들으면 그녀의 진실한 신분을 알아낼 또 한 사람이 있다.

바로 적인결이다. 그는 부옥령의 별호가 무정신수라는 것만 알고 있지 이름은 모르고 있다.

무불통지인 적인결이 천군성의 삼인자 좌호법이 흑봉검신 부옥령이라는 사실을 모를 리가 없다.

부옥령은 자염빙을 쳐다보며 귀찮은 표정을 지었다.

"나한테 듣고 싶은 얘기가 있으면 어서 날 제압해라. 그게 아니면 꺼져라."

돌계단 위와 주위에 둘러선 사람들은 부옥령의 배포에 혀를 내두르며 감탄했다.

요계의 절대자인 요천여황을 저런 식으로 마구 대할 사람이 과연 천하에 몇 명이나 있겠는가.

자염빙은 듣고 싶은 말을 들으려면 부옥령 말대로 그녀를 제압해야만 가능하다고 판단했다.

자염빙은 천천히 두 손을 들어 올리면서 착 가라앉은 목소리로 말했다.

"내가 손을 쓰면 너는 전력을 다해야 할 게야."

부옥령은 입가에 미소를 머금고 있지만 내심으로는 바짝 긴장했다.

"그럴 셈이야."

민수림이 사람들을 둘러보면서 말했다.

"더 멀리 물러나는 게 좋겠어요."

근처에 서 있던 측근들은 그녀의 말이 무슨 뜻인지 즉시 알아차렸다.

훈용강과 풍건 등은 즉시 사람들에게 소리쳤다.

"더 멀리 물러나시오!"

자염빙은 막 공격을 하려다가 민수림 등의 목소리를 듣고 사람들이 물러나도록 잠시 기다려 주었다.

그런 것만 보더라도 자염빙이 잔인한 성격이 아니라는 것을 알 수 있다.

진검룡과 민수림을 비롯한 측근들만 돌계단 위에 서 있고 다른 사람들은 이십 장 밖으로 물러났다.

소소가 옆에 있는 적인결에게 속삭이듯이 물었다.

"좌호법께서 요천여황의 적수가 될까요?"

그것은 소소만이 아니라 모두 궁금하게 여기는 일이다.

부옥령이 제아무리 고강해 봤자 어떻게 요계의 절대자인 요천여황의 적수가 될 수 있겠는가.

다들 그렇게 생각했었는데 부옥령이 요천여황에게 하는 언행을 보고는 고개가 갸우뚱해진 것이다.

부옥령의 행동만으로 보면 그녀는 최소한 요천여황보다 고강하거나 맞수가 돼야 하는 것이다.

적인결은 눈을 좁히고 부옥령을 뚫어지게 주시하면서 중얼거리듯 말했다.

"좌호법께선 충분히 적수가 될 것 같구나."

*   *   *

소소 옆에 있는 권부익이 굳은 얼굴로 말했다.

"우리가 영웅문 분들을 과소평가했던 것 같네."

적인결은 고개를 끄떡였다.

"그런 것 같습니다."

만약 부옥령이 요천여황하고 싸워서 패하지 않고 평수를 이루는 일이 일어난다면 영웅문이 검황천문과의 싸움에서 마냥 불리하지는 않을 것이다.

영웅문 전체의 전력을 지금보다 한 단계 더 올려야 할 테니까 말이다.

어쩌면 조양문 사람들이 올라탄 이 마차는 천룡이 끌고 있는지도 모른다.

그래서 거기에 탄 모든 사람들을 정의와 협의의 낙원으로 인도할 것이다.

자염빙은 부옥령을 향해 곧장 쏘아가면서 손을 슬쩍 뒤집으며 한 줄기 자광(紫光)을 뿜어냈다.

슈웃!

자염빙은 자신의 공격을 부옥령이 피하지 못할 수도 있고 아니면 피하더라도 매우 어렵게 피할 것이라고 예상했다.

자염빙은 쏘아낸 화살보다 두 배나 빠르게 쏘아가는데 그녀보다 서너 배 정도 더 빠른 속도로 자광이 반투명 흐릿하게 뿜어져 나갔다.

츠으웃!

그녀의 공격을 피하려면 아무리 못해도 그녀의 팔 성 정도에 이르는 고수여야만 한다.

자염빙이 열 걸음 거리의 부옥령에게 당도하는 데는 눈 한 번 깜빡이는 것의 반의반도 걸리지 않았다.

또한 자염빙은 부옥령이 꼼짝도 하지 못하고 그 자리에 서 있는 것을 보았다.

비유웃!

그녀가 발출한 자광, 즉, 그녀의 독문절학인 자령섬강(紫靈閃罡)은 부옥령의 미간을 향해 곧장 쏘아갔다.

그대로 쏘아간다면 부옥령의 미간을 관통하고 말 것이다. 부옥령이 피하지 못하고 있으므로 자령섬강이 빗나가거나 미간을 관통하지 않을 이유가 없다.

"……!"

그런데 자염빙이 뻔히 보고 있는 동안 자령섬강이 허공을 뚫고 저 멀리 쏘아 나가다가 스러졌다.

방금까지 눈앞에 있던 부옥령이 감쪽같이 사라졌다. 자염빙은 그녀가 사라지는 것을 보지 못했다.

자염빙으로선 믿어지지 않는 일이다. 잘못 본 것이 아니다. 부옥령이 이 정도로 반응을 했다면 최소한 자염빙 자신과 동급이라는 뜻이다.

그 순간 자염빙은 부옥령이 머리 위 허공에서 아래 즉, 자신의 정수리를 향해 공격하고 있음을 감지했다.

그것은 매우 흐릿한 기척이어서 굉장히 어렵사리 감지했다. 극히 미미한 기척이라서 절정고수 수준이라면 아무것도 느끼지 못한 상황에서 당할 수밖에 없다.

자염빙은 그 즉시 위를 향해 자령섬강을 발출하면서 번뜩 쏘아 올랐다.

츠으읏!

부옥령은 공격을 하고 있으므로 이번에는 쉽게 피하지 못할 것이다.

가만히 서 있다가 피하는 것보다 공격하다가 피하는 것이 훨씬 더 어렵다.

자염빙이 감지한 것이 맞았다.

부옥령은 어느새 허공으로 피했다가 머리를 아래로 한 자세로 하강하면서 오른손을 뻗고 있는데 투명한 강기가 내리꽂히고 있지 않은가.

다음 순간 두 줄기 강기가 정면으로 충돌했다.

찌르르릉!

고막을 터뜨릴 것 같은 뇌성벽력이 몰아치면서 지축이 요동치고 전각의 지붕이 들썩거렸다.

"우웃!"

"어엇!"

이십여 장 밖에 물러나 있는 사람들이 충돌 여파에 떠밀려서 휘청거리면서 몇 걸음씩 밀려났다.

도대체 얼마나 무지막지하게 강력한 두 줄기 강기의 격돌이기에 무려 이십여 장 밖에 서 있는 사람, 그것도 백여 명이 한꺼번에 밀려나겠는가.

반탄력에 의해서 부옥령은 하늘로 빙글빙글 회전하면서 솟구치고 자염빙은 땅으로 내리꽂혔다.

푸학!

자염빙이 단단한 땅을 뚫고 깊숙이 땅속에 꽂히면서 흙먼지가 마구 피어올랐다.

둘러선 모든 사람들은 감탄과 경악의 표정으로 그 광경을 지켜보았다.

그러면서 사람들은 경직된 표정으로 조금씩 뒤로 주춤주

춤 물러났다.

그 자리에 그냥 서 있다가는 언제 무슨 변을 당할지 모르기 때문이다.

부옥령은 자염빙이 아직 땅속에 처박혀 있을 때 그녀를 향해 급전직하 내리꽂혔다.

슈우욱!

허공 십오 장까지 솟구쳤던 그녀는 머리를 아래로 한 자세로 쾌속하게 쏘아 내리며 쌍장을 뻗었다.

큐우웅!

화경(化境) 바로 아래 단계인 반로환동의 엄청난 경지에 이른 부옥령의 공력을 인간의 무공 수준으로 친다면 무려 오백오십 년을 상회한다.

반로환동 위로는 출신입화지경이라는 화경과 인간의 몸으로 승천한다는 우화등선(羽化登仙)뿐이므로 반로환동이 얼마나 높은 경지인지 짐작할 수 있을 터이다.

그녀가 무서운 속도로 지상으로 내리꽂히는 동시에 전력으로 강기를 발출하면 그 위력이 어느 정도일지 가히 상상이 되지 않는다.

고오오—

꽈꽝!

단지 어마어마한 음향만으로 사람들의 심장이 한껏 오그라들었다.

흙먼지가 먹구름처럼 피어나 사방으로 확산되면서 모든 것을 시야에서 가려 버렸다.

사람들은 손으로 코와 입을 가리고 고개를 돌리느라 한바탕 부산했다.

그렇지만 부옥령은 짙은 흙먼지 속에서도 모든 것들이 선명하게 보였다.

조금 전 자염빙이 처박힌 구덩이는 사라지고 그 자리에 깊이 이 장의 커다란 구덩이가 새로 생겼다. 방금 전에 부옥령의 쌍장이 만들어낸 것이다.

별일이 없는 한 자염빙은 짓이겨져서 땅속에 파묻혀야 맞는 일이다.

"……!"

순간 부옥령은 뭔가 이상함을 느꼈다. 아지랑이나 안개 같은 것이 스멀거리면서 피어나는 느낌이 주위에서 감지됐다. 한 번도 느껴보지 못했던 이상한 기운이다.

'이 기운은?'

속으로 막 중얼거렸을 때 부옥령은 뒤통수가 뜨끔하면서 묵직한 충격을 맛보았다.

그녀는 자신이 자염빙의 공격에 적중됐음을 반사적으로 깨달았다.

그러나 부옥령이 싸움에 임하면 그녀의 전신은 자연적으로 상시 호신강기에 감싸이게 되므로 자염빙의 공격은 그걸 뚫지 못하고 뒤통수에 묵직한 충격만 주었을 뿐이다.

휘릭!

그 순간 무언가 부옥령의 목을 휘감았다.

부옥령은 순간적으로 목에 파강기(破罡氣)를 보내 감고 있는 것을 깨뜨리려고 했다.

파강기는 온몸 어디로든 보낼 수 있으며 발출할 수도 있는데 전적으로 깨고 부수는 것을 담당한다.

그러나 부옥령의 목에 감긴 것은 풀어지지도 파쇄(破碎)되지도 않았다.

구우우…….

그녀의 목에 감긴 단단한 무엇이 목을 조였다. 이대로 있으면 목이 부러지거나 잘릴 터이다.

그녀는 한 손으로 목에 감긴 무형의 끈을 잡고 목과 끈 사이의 틈에 손을 비집고 넣어 밖으로 뿌리치듯이 잘라냈다.

투우…….

그녀의 손에서 무형검이 돌출되어 무형의 끈을 여지없이 잘라 버렸다.

아니, 자르면서 무형의 끈을 잡고 느닷없이 극열강기(極熱罡氣)를 흘려 보냈다.

츠아앗!

무형의 끈을 보낸 것은 필경 자염빙일 테고 그녀가 끈의 끝을 잡고 있거나 몸에 연결되어 있을 테니까 부옥령이 보낸 극열강기의 영향을 받을 터이다.

지잇…….

부옥령은 자신이 뿜어낸 극열강기가 무형의 끈 반대쪽 끝에 있는 어떤 물체에 전달되는 것을 감지했다.

굳이 눈으로 보거나 확인할 필요가 없다. 초극고수끼리의 싸움에서는 육안으로 보기 전에 승부가 끝날 수도 있으므로 감각이 중요하다.

그렇다고 육안으로 전혀 보지 않을 수는 없다. 감각에 육안으로 보는 것이 더해지면 최상이다.

부옥령은 무형의 끈으로 극열강기를 보내면서 얼굴을 그 방향으로 돌렸으므로 자염빙의 모습을 발견할 수 있었다.

파아아…….

극열강기가 무형의 끈을 잡고 있는 자신에게 전해지는 순간 자염빙은 무형의 끈을 놓는가 싶더니 그 자리에서 연기처럼 사라졌다.

'요마술(妖魔術)!'

자염빙은 요계의 절대자 요천여황이므로 요마술을 사용하는 것이 당연하다.

부옥령이 보고 있는 중에 자염빙이 그 자리에서 사라졌다면 요마술을 전개한 것이 분명하다.

요마술은 천하무적은 아니지만 그것에 대해서 모르는 문외한에겐 치명적일 수가 있다.

요마술을 이기는 방법은 심안(心眼)으로 보고 초극의 능력으로 파훼하는 것뿐이다.

심안이나 초극의 능력 둘 다 결코 쉬운 일이 아니다. 반로환동의 경지에 이르러야지만 심안이 떠지고, 절정고수 위에 초절정고수 그 위에 초극고수쯤 돼야 '초극의 능력'을 발휘할 수 있는 것이다.

또한 반로환동의 경지에 올랐다고 해서 요마술을 파훼하는 것이 아니다.

요마술이라는 것을 속속들이 꿰고 있어야지만 그것을 파훼할 수 있는 것은 당연하다.

아무리 어리숙한 수법이라고 해도 그것의 실체를 모르면 어이없이 당할 수밖에 없지만 그것이 어떤 식으로 전개되는지 알고 나면 절대로 당하지 않는 것과 같다.

다행히 부옥령은 세 가지 조건을 모두 갖추었다. 그녀는 반로환동에 이르기 전 천군성에 있을 때 틈틈이 요마술에 대해서 공부를 해두었는데 이렇게 써먹게 될 줄은 몰랐다.

'추적!'

부옥령은 방금 뿜어낸 극열강기의 끝을 터뜨렸다.

파앗!

원래 눈에 보이지 않았던 극열강기는 작렬하면서 흐릿한 수천 개의 파편이 되었다.

무형의 끈 끝을 잡고 부옥령의 목을 졸랐던 자염빙은 끈을 통해서 극열강기가 전해지자 급히 끈을 놓는 것과 동시에 자취를 감추었다.

부옥령은 허공에 우뚝 멈춰서 제자리에서 한 바퀴 재빠르게 회전하며 날카롭게 주위를 훑었다.

방금 극열강기를 폭발시킨 이유는 수천 개의 파편 중에 하나라도 숨어 있는 자염빙의 몸에 묻히려는 것이다.

파편은 부옥령이 만들어낸 것이고 그녀의 체내에서 분출했기 때문에 그것이 자염빙 몸에 묻으면 어디로 숨더라도 정확하게 위치를 알 수가 있다.

'찾았다!'

부옥령은 파편 두 개가 자염빙 몸에 묻었으며 그로써 그녀의 위치를 파악할 수 있게 되었다.

그러나 쉽지 않은 일이다. 부옥령은 요마술을 전개하는 요계 인물과의 실전이 처음이기 때문이다.

부옥령은 자염빙을 찾기는 찾았는데 정확한 위치를 알 수가 없으며 자신과의 거리도 가늠이 되지 않았다.

말하자면 어떤 무공의 초식을 실전에서 처음 전개했기에 아직 숙달되지 않은 것이다.

문제는 가급적 빨리 숙달시켜야 한다는 사실이다. 숙달하기 전에 부옥령이 당할 수도 있기 때문이다.

'어디에 있는 거지?'

극열강기의 파편 두 개를 묻힌 자염빙의 흔적을 찾아내기는 했는데 정확한 위치를 알 수가 없다.

바로 그 순간이다.

쩌걱!

"으악!"

부옥령은 무언가 엄청난 거력이 등 한복판을 뚫는 듯한 극심한 충격을 받고 앞으로 고꾸라지듯이 튕겨 날아가며 처절한 비명을 질렀다.

자염빙은 그냥 일대일로 싸워도 부옥령과 막상막하인 실력자인데 요마술까지 겸비하고 있으므로 부옥령보다 한 수 위라고 할 수가 있다.

부옥령은 등 한복판을 중심으로 몸의 위아래가 분리되는 듯한 고통을 느끼면서 몸이 활처럼 뒤로 휘어진 상태에서 쏜살같이 날아갔다.

하지만 그녀는 몸을 감싸고 있는 호신강기 덕분에 치명상을 입지 않았다.

다만 호신강기를 때린 무지막지한 충격 때문에 내장이 크게 흔들리고 핏덩이를 토하는 정도에 그쳤다.

그녀는 입술을 깨물며 중심을 잡으면서 오른손을 쭉 뻗는 것과 동시에 손바닥을 활짝 펼쳤다.

지이잉!

다음 순간 그녀의 손에 투명하게 번뜩이는 한 자루 무형지검이 굳게 움켜잡혔다. 강기로 만들어낸 검이다.

그녀는 밀려가다가 갑자기 멈추면서 몸을 빙글 돌리며 뒤를 향해 무형지검을 그었다.

휘이잉!

그저 단지 수평으로 한 번 그은 것 같지만 실제로는 열두 번 그은 것이며, 열두 개의 검강이 부챗살처럼 확산되면서 번갯불처럼 뿜어졌다.

第百十八章

요마공(妖魔功)

　부옥령의 등에 일격을 가한 직후, 그림자처럼 뒤따르던 자염빙은 느닷없는 부옥령의 공격에 움찔했다.

　자신이 전력으로 발출한 일장을 등 한복판에 고스란히 적중당하고서 날아가는 상황에 돌연 반격을 할 줄이야 전혀 예상하지 못했다.

　지금 같은 다급한 상황에 자염빙으로서는 도저히 피할 방법이 없다.

　부옥령 뒤에 너무 바싹 붙어 있었는 데다 부옥령의 공격이 넓게 부챗살처럼 퍼져 나가고 있어서 섣불리 피하다가는 외려 당할 판국이다.

방금 전 자염빙의 일장이 부옥령의 등에 적중됐을 때, 호신 강기 때문에 그녀가 중상을 입지는 않더라도 최소한 잠시 동안 반격하지 못할 것이라고 예상했는데 그것은 자염빙의 오산이었다.

요마술을 전개하고 있기 때문에 자염빙의 모습은 아직 드러나지 않았지만 그렇다고 해서 부옥령의 공격까지 비껴가는 것은 아니다.

자염빙은 단지 모습이 보이지 않을 뿐이지 형체는 갖추고 있기에 공격을 피할 수 없으므로 당장 무슨 수를 쓰지 않으면 낭패를 당할 것이다.

부옥령과 자염빙이 싸우는 광경을 지켜보고 있는 진검룡은 극도로 긴장하여 몸을 움찔움찔하면서 주먹을 쥐었다 폈다 하고 다리를 굽혔다 폈다 하며 마치 자신이 싸우는 것처럼 어쩔 줄 몰라 했다.

처음부터 그는 부옥령이 자염빙에게 열세일지도 모른다고 예상했었다.

부옥령이 반로환동의 경지에 이르렀지만 상대가 요계의 절대자 요천여황이기 때문이다.

처음에는 부옥령이 조금 밀리는 것 같았다. 그녀는 싸우는 상대인 자염빙을 시야에서 잃어버리고 갈팡질팡했다. 진검룡이 보기에는 그러는 것 같았다.

조금 전에 자염빙이 사라지고 난 이후에 부옥령이 갑자기 등에 무언가 굉장한 타격을 받고 화살처럼 퉁겨 날아가는 광경을 목격했을 때 진검룡은 깜짝 놀라서 그녀를 도우러 달려가려고 했었다.

그때 만약 민수림이 그의 팔을 잡지 않았더라면 앞뒤 가리지 않고 쏘아갔을 것이다.

민수림의 전음이 진검룡을 다독거렸다.

[조금 더 지켜보다가 좌호법이 불리할 때 도와줘도 늦지 않을 것 같아요.]

부옥령의 급습을 자염빙은 결국 피하지 못하고 방어하기로 마음먹었다.

찰나를 백으로 쪼갠 순간에 자염빙은 두 팔을 교차시키며 앞으로 힘껏 뻗었다.

후웅!

그녀의 두 팔에서 뿜어진 공력이 두껍고 단단한 강기의 벽을 만들어서 방패처럼 몸을 보호했다.

다급하게 만든 무형의 방패라서 그녀는 약 칠 성에 달하는 공력으로 강기를 만들어야 했다.

쩌꺼겅!

"윽……."

부옥령의 무형지검이 방패를 강타하자 자염빙은 나직한 신음을 흘렸다.

그녀의 기혈이 들끓었고 한순간 정신을 잃을 것처럼 아득

한 느낌이 들었다.

그녀는 선 채 뒤로 주르르 밀려갔다.

스으…….

그러면서 그녀의 모습이 아주 흐릿하게 나타나는 듯하다가 다시 사라졌다.

그것은 거센 충격 때문에 한순간 요마술이 흐트러졌다가 원상회복됐기 때문이다.

"잡았다!"

그렇지만 부옥령은 그걸 놓치지 않았다. 그녀는 날카롭게 외치면서 자염빙의 모습이 나타났다가 다시 사라진 곳을 향해 일직선으로 곧장 쏘아갔다.

지켜보던 사람들은 조금 전 격돌의 거센 여파 때문에 다시 서너 걸음 더 물러난 상태에서 지켜보았다.

'이년! 너는 내 손에 죽는다……!'

부옥령은 무형지검을 움켜쥐고 빛처럼 쏘아가면서 속으로 부르짖었다.

자염빙의 모습은 사라졌지만 부옥령은 그녀를 눈으로 보는 것처럼 생생하게 느낄 수가 있다.

그녀의 몸에 묻힌 극열강기의 파편 두 개와 확실하게 연결됐기 때문이다.

쉬아앙!

부옥령은 무시무시한 속도로 쏘아갔다. 물러나는 자염빙보다 쏘아가는 부옥령이 더 빠른 것은 당연지사. 두 사람의 거리가 금세 좁혀졌다.

자염빙은 아직도 자신의 모습이 보이지 않는다고 철석같이 믿고 있었다.

그녀가 요마술을 배운 이후 그걸 깨는 사람을 한 명도 본 적이 없었기 때문이다.

조금 전에는 자신이 부옥령의 등을 공격한 직후였기에 그녀가 직감적으로 반격한 것이라고 믿었다.

그런데 자염빙은 오 장쯤 뒤로 밀려나다가 멈추고는 흠칫 놀랐다.

부옥령이 무서운 속도로 자신을 향해 곧장 쏘아오고 있기 때문이다.

'설마……'

그제야 자염빙은 자신의 모습이 드러난 것이 아닌가 하는 의구심이 들었다.

그녀가 그런 의구심에 사로잡혀 있는 동안에도 부옥령은 그녀를 향해 곧장 쏘아오고 있다.

이제는 더 이상 의심의 여지가 없다. 지금 당장 어떻게 대처할 것인지 결정을 내리지 않으면 그다음에 벌어질 일은 상상하기도 싫다.

처음에는 부옥령 따윈 일대일로 싸워도 문제없다고 자신했지만 지금은 아니다.

조금 전에 부옥령의 공격을 막다가 자염빙은 가볍지 않은 내상을 입은 상태다.

비록 다급히 반격하느라 전력을 다하지 못해서 그런 거였지만 어쨌든 변명의 여지가 없다.

'안 되겠다. 일단 정면 대결은 피하자……!'

자염빙은 강적이라고 판단한 상대와 싸우는 일에 있어서 자존심 같은 것을 내세우지 않는다.

그녀가 생각하는 것은 딱 두 개다. 무슨 수를 써서라도 이겨야 한다는 것, 그리고 죽지 말아야 한다는 것이다.

그녀는 요마술보다 한 단계 위의 비공(秘功)을 전개해야겠다고 마음먹었다.

'광엽살요(狂葉殺妖)!'

그녀는 부옥령에게서 시선을 떼지 않은 채 뒤로 미끄러지듯이 물러나면서 속으로 날카롭게 외치며 두 팔을 활짝 벌렸다가 앞으로 확 뻗었다.

그녀가 뒤로 물러나는 속도는 빠르지 않아서 그러다가는 부옥령의 공격에 당할 수밖에 없는 상황이다. 더구나 그녀는 반격할 준비조차 하지 않았다.

자염빙의 삼 장까지 쇄도한 부옥령은 오른 손목을 뒤집으며 수중의 무형검을 떨쳤다.

최강의 검강을 발출하기 위해서 무형검을 머리 위로 들어 올린다거나 어지러운 동작을 취할 필요 따윈 없다.

부옥령 입가에 회심의 미소가 떠올랐다.

간명한 동작 하나에 부옥령 공력의 정수(精髓)가 실려서 폭발하듯이 뿜어졌다.

그런데 바로 그 순간 무언가 거대한 것이 부옥령을 향해 거세게 덮쳐왔다.

콰아아아!

"앗!"

부옥령은 처음에 시커멓고 거대한 그것이 무언지 모르고 다급한 외침을 터뜨렸다.

전방만이 아니다. 그것은 좌우와 뒤쪽, 그리고 머리 위까지 그녀를 온통 뒤집어씌운 상태에서 몰아쳐 왔다.

부옥령은 눈을 크게 뜨며 놀랐다.

'뭐야. 이게?'

그것은 마치 하늘이 시커멓게 변해서 그녀에게 모조리 쏟아지는 것 같은 광경이었다.

이 순간 그녀는 저 시커먼 하늘에 깔려서 죽을지도 모른다는 생각이 들었다.

그렇지만 호락호락 당할 수만은 없다. 그녀는 시커먼 하늘 한쪽을 뚫고 빠져나가야겠다고 마음먹었다.

*   *   *

진검룡과 민수림은 그 광경을 뻔히 지켜보고 있으면서도 부옥령을 도우러 쏘아가지 않았다.

마당 양쪽과 전각 주변에 있는 나무에서 나뭇잎들이 갑자기 모조리 부옥령을 향해 쏟아지듯이 날아가긴 했지만 그 정도는 별일 아닌 것이라고 여겼기 때문이다.

나뭇잎 수십만 개가 한꺼번에 쏟아져 간다고 해봐야 기껏 나뭇잎이지 뭐겠는가.

그 광경은 마치 바람이 세차게 불어서 나뭇잎들이 우수수 휘날려 간 정도였을 뿐이다.

최소한 구경하고 있는 사람들 눈에는 그렇게 보여서 그것이 대단하다는 생각은 들지 않았다.

*   *   *

쩌어억!

부옥령은 전력을 다해서 무형검으로 검강을 발출하여 정면을 뚫으려고 했다.

무형검이 번쩍 그어지자 부옥령의 정면 약간 위쪽 머리 높이에 십(十)자의 구멍이 퍽! 뚫리면서 바깥의 빛이 쏟아져 들어왔다.

그 순간 부옥령은 이미 그곳을 통해 밖으로 빠져나갔다.

'됐다!'

그런데 재빨리 살펴봤지만 자염빙이 보이지 않았다.

쿠우우우!

그때 부옥령의 아래쪽에서 무엇인가 둔중한 음향이 터져 나오며 이상한 기운이 감지됐다.

부옥령은 급히 아래를 내려다보다가 눈을 휘둥그렇게 떴다.

쩌어억! 쩌어어!

땅이 거북이 등처럼 쩍쩍 갈라지면서 허공으로 마구 떠오르고 있었다.

'이게 무슨⋯⋯.'

쿠와아아아아!

부옥령의 시야가 미치는 모든 곳의 땅이 쪼개져서 그녀를 향해 한꺼번에 몰려들었다.

아니, 땅만이 아니라 주위의 전각들도 부서지고 무너지면서 그녀에게 태풍처럼 밀려왔다.

'말도 안 돼⋯⋯.'

그녀는 눈을 부릅떴다.

'이건 요마술이야. 정신 차리자⋯⋯!'

멀쩡하던 땅이 갑자기 갈라져서 떠오르고 전각이 부서져서 자신에게 쏟아져 올 리가 없다고 판단했다. 그렇다면 이것은 요마술이다.

'그년을 찾아야 해!'

부옥령은 자신에게 몰려드는 땅과 전각이 헛것이라고 판단하고는 자염빙을 찾으려고 청력을 극대화하고 재빨리 주위를 둘러보았다.

순간 부옥령의 눈이 빛을 발했다.

'저기다!'

몰려오는 땅과 전각들이 겹겹이 층을 이루고 있는 틈바구니로 자염빙이 두 팔을 활짝 벌리고 새가 날개를 퍼덕이듯이 흔들고 있는 것을 발견했다.

자염빙을 발견했다고 여긴 순간 부옥령은 이미 그녀를 향해 쏘아가고 있었다.

부옥령과 자염빙과의 거리는 칠팔 장인데 그사이에 수많은 땅덩이와 전각 조각들이 가로막으며 쏟아져 왔다.

콰아아아!

'흥! 저년은 요물이 분명해!'

부옥령은 오늘 이 자리에서 무슨 일이 있어도 자염빙을 죽여 없애야겠다고 다짐했다.

그때 왼쪽 가까운 곳에서 집채만 한 땅덩이 하나가 무시무시한 속도로 날아왔다.

'헛것이니까 피할……'

피할 필요가 없다고 생각하려던 부옥령은 흠칫 놀라면서 눈이 커졌다.

천하에 존재하는 형체를 지닌 모든 물체들이 한 장소에서 다른 장소로 이동할 때에는 그 물체가 내는 파장이라는 것이 있다. 그걸 예파(豫波)라고 한다.

물체가 공기의 한 부분을 밀어내기 때문에 예파가 발생하는 것이다.

그런데 지금 저 거대한 땅덩이가 부옥령에게 날아오는데 예파가 느껴지고 있는 것이다. 저게 헛것이라면 예파 따위가 없어야 한다.

'맙소사……'

헛것이 아니었다. 진짜로 땅이 쪼개지고 전각이 무너져서 그녀를 향해 한꺼번에 쏟아져 오는 것이었다.

'우웃!'

부옥령은 몸을 비틀어서 아슬아슬하게 땅덩이를 피했다.

그로써 자염빙하고 좀 더 가까워졌다. 자염빙은 요마공을 전개하느라 정신이 없는 탓에 부옥령이 접근하는 것을 모르고 있는 것 같았다.

'죽여 버리겠어!'

부옥령은 수중의 무형검을 없애고 하나의 전각 부스러기를 발끝으로 박차면서 자염빙을 향해 쏘아갔다.

자염빙은 땅덩이 가장자리에서 불쑥 튀어나온 부옥령을 발견하고 움찔 놀랐다.

설마 부옥령이 천지개벽과도 같은 이 난리 통을 뚫고 자신에게 접근할 줄은 예상하지 못했다.

지금 여기에서 자염빙이 손을 멈춘다면 쇄도하고 있는 땅덩이와 전각들이 사라져 버릴 것이다.

그렇다고 쏘아오는 부옥령을 무시할 수는 없다.

자염빙에게도 부옥령은 갈아 마셔도 시원치 않은 존재다.

'이년!'

자염빙은 일으키던 요마공을 중지하고 재빨리 합장하듯 두 손바닥을 모았다가 부옥령을 향해 힘껏 뻗었다.

다음 순간 눈부신 금광과 핏빛의 혈광이 뒤섞인 한 줄기 광채가 부옥령을 향해 뻗어 나갔다.

그 순간 부옥령과 진검룡, 민수림 세 사람은 동시에 놀라서 낮게 부르짖었다.

"금혈신강!"

*   *   *

검황천문 태문주의 정실부인 연보진은 금혈신강을 전개하여 청랑을 만신창이로 만들었었다.

그리고 이후에는 태공자 현도성이 전개하여 부옥령을 사지에 빠뜨렸던 무공이 또 금혈신강이었다.

과도한 인명살상 때문에 무림에서 사용이 금지된 무림칠금공 중에 하나가 금혈신강이다.

진검룡과 민수림, 부옥령 세 사람 뇌리에 어떤 생각이 동시에 그려졌다.

연보진과 태공자는 청랑이나 부옥령보다 하수인데도 금혈신강을 전개해서 그녀들에게 중상을 입혔었다.

그건 이유야 어쨌든 간에 금혈신강이 청랑과 부옥령이 전개한 무공보다 강하다는 뜻이다.

현재로서는 금혈신강하고 맞닥뜨리면 무조건 피해야 한다.

부딪치면 백전백패 피를 보고야 만다. 그래서 금혈마강이라고 불린 것이 아닌가.

그런데 자염빙은 부옥령과 막상막하든가 아니면 반 수 정도 고수일 텐데, 그런 그녀가 금혈신강을 전개한다면 그걸 막을 사람이 대저 누가 있다는 말인가. 그야말로 무적인 것이다.

부옥령은 앞을 가렸던 땅덩이를 막 피하는 순간 오 장 전면 허공에 떠 있는 자염빙이 두 손을 모았다가 막 뻗고 있는 광경을 발견했다.

바로 그때 진검룡과 민수림의 다급한 외침이 들렸다.

"금혈신강이다! 피해!"

"……!"

그 순간 자염빙이 두 손바닥을 모아서 앞으로 뻗는 것과 동시에 금빛과 핏빛의 광채가 번쩍! 하고 뿜어졌다.

그 순간 부옥령의 머릿속이 온통 하얘지면서 딱 하나만 뇌리에 남았다.

'접간공리(摺間空離)!'

스으……

순간 부옥령이 그 자리에서 사라지는 것과 동시에 그곳을 금혈신강이 꿰뚫고 지나갔다.

파아앗!

간발, 아니, 찰나의 차이로 아슬아슬하게 부옥령은 금혈신강을 피했다.

방금 전에는 서로 격돌해서 부딪친 것도 아니고 부옥령이 일방적으로 금혈신강에 적중되는 상황이었으므로 만약 적중됐다면 그녀는 즉사했을 것이다.

일촉즉발의 순간에 부옥령이 접간공리를 생각해 내고 머리가 그것을 떠올리자마자 몸이 즉각 실행에 옮긴 것은 정말 다행한 일이다.

접간공리는 최상승의 보행신법(步行身法)으로 내가 있는 곳에서 가고자 하는 지점까지의 거리까지 공간을 접어서 이동하는 방법이다.

그렇게 하면 그냥 경공이나 신법을 전개하는 것에 비해서 두 배에서 세 배까지 빠르게, 그리고 멀리 순간적으로 이동할 수가 있다.

부옥령은 접간공리를 전개하여 순식간에 자염빙 뒤쪽에 모습을 나타냈다.

그러나 지독하게 빠른 금혈신강을 피하는 일에만 급급했던 데다 워낙 허둥지둥 이동한 탓에 부옥령은 미처 공격할 준비를 갖추지 못했다.

그렇지만 자염빙은 자신의 등 뒤에서 감지되는 기척에 즉각 빙글 몸을 돌리면서 일장을 뿜어냈다.

위잉!

부옥령은 자신이 공간을 이동하여 자염빙 배후에 나타났는데도 불구하고 이번에도 역시 자염빙보다 출수가 늦어지자 아차 싶었다.

그런데 자염빙이 두 손목 안쪽을 붙여서 쌍장을 내밀자 흐릿한 청색의 기운이 발출됐다.

그걸 보는 순간 부옥령은 금혈신강이 아니라고 판단하여 즉각 두 주먹을 굳게 쥐고 앞으로 힘껏 뻗으며 전력으로 아미파 절학 금정신산수(金頂神散手)의 절초인 금신강권(金神鋼拳)를 뿜어냈다.

콰우웅!

일전에 부옥령은 진검룡에게 덤볐을 때 금신강권을 전개했다가 낭패를 당했었다.

하지만 지금 공력으로 금신강권을 발휘했다면 낭패를 당하는 쪽은 진검룡이었을 것이다.

꽈드드등!

"윽……!"

부옥령은 묵직한 신음을 흘리면서 뒤로 죽 밀려났다.

그녀의 입에서 핏물이 화살처럼 뿜어졌다.

그녀의 공력이 자염빙에 비해 조금 밀리는 수준인데 무공에서도 밀렸다.

자염빙이 방금 어떤 무공을 전개했는지 모르지만 부옥령의 금신강권보다는 뛰어난 것 같았다.

그러니까 부옥령과 자염빙의 싸움의 관건은 무공의 차이가 분명하다.

조금이라도 나은 무공을 전개하는 사람이 이 싸움에서 이길 것이다.

그때 자염빙이 뒤로 밀려나고 있는 부옥령을 덮쳐가면서 두 손목 안쪽을 맞붙였다. 그것은 금혈신강을 전개하기 전의 자세가 분명하다.

지금 이런 상황에 자염빙이 금혈신강을 전개한다면 부옥령은 피하기 어려울 것이다.

부옥령은 자염빙이 금혈신강의 자세를 취한 것을 아직 보지 못했다.

뒤로 밀리고 있는 부옥령은 자염빙의 재공격에 대비하여 즉시 공력을 극한으로 끌어올렸다.

그러면서 과연 이번에 자염빙이 금혈신강을 전개할 것인지의 여부에 온정신을 집중했다.

그 순간 부옥령은 쏘아오는 자염빙의 두 손에서 번쩍! 하고 금광과 혈광이 뿜어지는 것을 발견했다.

"……!"

순간 부옥령의 눈이 한껏 커졌다. 그녀는 지금 가볍지 않은 내상을 입은 상태에서 뒤로 밀리며 자세마저 제대로 잡지 못하고 있다.

그런데 자염빙이 금혈신강을 발출한 것이다. 저걸 피하지 못하면 즉사다.

그러고는 당연한 듯이 부옥령의 머릿속에 오로지 한 가지 생각만 떠올랐다.

'접간공리를……'

초상승 보행신법인 접간공리를 전개하여 빛처럼 이 자리를 벗어나야지만 살 수가 있다.

그러나 마음만 급한 데다 기혈이 흔들렸던 탓에 마음처럼 접간공리가 실행되지 않았다.

'이런……'

부옥령의 눈앞에 금광과 핏빛이 뒤섞인 광채가 눈부시게 쏘아오고 있다.

절망적인 순간에 그녀는 머릿속이 하얘지면서 한 사람의 모습이 아련하게 떠올랐다.

그런데 놀랍게도 그 모습은 다름 아닌 진검룡이다. 그의 싱그럽게 미소 짓는 얼굴이 바로 눈앞에서 보는 것처럼 생생하게 떠오른 것이다.

"······!"

그런데 그녀 눈앞에 나타났던 그 진검룡이 다급한 표정을 지으며 짧게 외치는 것이 아닌가.

"령아!"

그러고는 진검룡이 그녀를 낚아채듯 온몸으로 안으면서 쏜 살같이 날아가 버렸다.

쾌애액!

다음 순간 방금 부옥령이 서 있던 곳으로 금혈신강이 빛처럼 스치며 지나갔다.

그것을 부옥령은 진검룡에게 안긴 상태에서 멀어지며 똑똑히 보았다.

그리고 거의 같은 순간에 민수림이 자염빙을 향해 쏘아가고 있었다.

원래 돌계단 위에 서 있던 진검룡과 민수림은 자염빙이 금혈신강을 펼치려는 자세를 취하는 것을 보는 즉시 동시에 몸을 날렸었다.

진검룡의 지시에 의한 것이다. 그는 자신이 부옥령을 구할 테니까 민수림더러 자염빙을 상대하라고 요구했다.

평상시 같으면 진검룡 자신이 자염빙을 상대하겠다고 우겼을지 모르지만 지금처럼 급박한 순간에는 부옥령의 목숨을 담보로 그런 짓을 할 수가 없다.

그나마 다행한 일은 부옥령이 돌계단에서 가까운 쪽으로

밀려왔기에 진검룡이 빨리 낚아채듯 안아서 금혈신강을 피할 수 있었다.

반면에 상대적으로 먼 거리인 민수림은 자염빙이 금혈신강을 발출한 직후에야 그녀를 공격하게 된 것이다.

사실 민수림은 공력 면에서는 부옥령보다 아래다. 민수림이 처음 동천목산에서 진검룡을 만났을 무렵에 공력이 삼백육십 년 수준이었다.

그 이후 일 년 반이 흐르는 동안 그녀는 틈틈이 체내의 순정강을 공력으로 전환하여 일 갑자 반 구십 년 정도를 더 증진하여 현재 공력만으로 논하면 사백오십 년 수준이다.

그렇다고 해도 민수림과 부옥령이 일대일로 겨룬다면 누가 이긴다고 장담하기가 어렵다.

부옥령은 민수림보다 공력이 백 년 정도 높지만 무공은 민수림이 월등하게 고강하기 때문이다.

슈욱!

민수림은 자염빙에게 쏘아가면서 이제부터 어떤 무공을 전개하겠다고 미리 계획하지 않았다.

그녀는 자신이 기억을 잃었기 때문에 무엇을 하겠다고 미리 생각을 하면 실행되지 않으며 아무 계획을 세우지 않아야 몸이 알아서 상황에 적절하게 대응한다는 사실을 경험을 통해서 알게 되었다.

자염빙은 눈앞에 벌어진 상황 때문에 움찔 놀랐다.

그녀가 금혈신강을 발출했던 상대인 부옥령을 진검룡이 낚아채 가고 왼쪽에서는 민수림이 곧장 쏘아오고 있었다.

자염빙은 양쪽을 번갈아 쳐다보며 조금 어이없는 표정을 지었다.

하지만 무려 칠십여 년 동안 무림을 주유하고 질타해 온 그녀가 이런 상황에 당황할 이유가 없다.

그녀는 상대를 민수림으로 정하고 그녀를 향해 금혈신강의 자세를 취했다.

민수림은 자염빙을 향해 비스듬히 솟구치면서 쏘아갔기에 공격할 수 있는 최적의 거리인 이 장에 이르렀을 때에는 그녀보다 일 장 정도 높은 허공에 도달했다.

민수림은 두 팔을 양쪽으로 활짝 벌린 자세에서 금빛의 광채를 발출했다.

바우움!

쌍장이 아니라 온몸과 두 팔, 앞을 향하고 있는 두 손바닥에서 찬란한 금광이 뿜어졌다.

다음 순간 금빛 광채가 수십 줄기로 가느다랗게 쪼개지면서 뿜어졌다.

그것은 마치 일출 때 태양의 황금빛이 사방으로 뿜어지는 듯한 찬란한 광경이다.

적멸광(寂滅光)이다.

천하에서 오직 단 한 사람만이 적멸광을 전개할 줄 아는데 그 사람이 바로 천상옥녀다.

적멸광은 달리 파멸광(破滅光)이라고도 부른다. 일단 발출하면 절대로 실패하지 않고 상대가 누구라도 깨끗하게 죽여 버리기 때문이다.

자염빙은 전력으로 금혈신강을 뿜어냈다 민수림이 발출한 적멸광을 보고는 그 자리에서 얼어붙었다.

'적멸광……'

자염빙은 아주 오래전에 딱 한 번 적멸광을 직접 눈으로 본 적이 있었다.

그녀의 사숙이 바로 저 적멸광에 목숨을 잃었다. 변변하게 싸워보지도 못하고 상대가 전개하는 신비하기 짝이 없는 금빛 광채에 적중되어 단 일초식 만에 즉사한 것이다.

그것이 벌써 오십여 년 전의 일이었다. 그 당시에 사숙을 죽였던 인물은 정파의 기둥이었으므로 여자를 죽일 수 없어서 자염빙을 놓아주었다.

그 인물은 만약 자신이 놓아준 여자가 장차 요계의 절대자 요천여황으로 성장할 줄 미리 알았더라면 절대로 살려주지 않았을 것이다.

민수림이 발출한 금빛 찬란한 광채를 보고 경악하는 사람이 한 명 더 있다.

부옥령이다. 그녀는 진검룡에게 안겨 허공에 떠 있는 상태에서 민수림의 온몸에서 폭발하듯이 뿜어지는 금빛 광채를 보고 황홀한 표정을 지었다.

"적멸광⋯⋯."

부옥령은 민수림을 그림자처럼 보필하면서도 적멸광을 직접 본 것은 단 두 번뿐이었다.

이 년 전에 천군성에서 첫 번째로 보았으며, 몇 달 전 영웅문에서 민수림이 적멸광을 전개하여 살수들을 한꺼번에 죽일 때 두 번째로 봤었다.

그렇지만 그 한 번의 기억이 너무 선명해서 지금 생각해도 바로 어제 본 것만 같았다.

진검룡은 부옥령의 중얼거림을 듣지 않더라도 민수림의 적멸광을 알고 있다.

그는 몇 달 전에 부옥령과 함께 영웅문에서 적멸광을 목격한 적이 있었다.

자염빙은 기왕지사 극한으로 공력을 끌어올린 상태에서 금혈신강을 전력으로 발출했다.

콰우웅!

금빛과 핏빛이 섞인 광채가 굵직한 원통형이 되어 일직선으로 뿜어져 나갔다.

반면에 적멸광은 환상적인 한 폭의 그림을 만들어냈다.

늦봄 수백 그루의 꽃나무에서 봄바람에 꽃잎이 떨어져 날리면서 허공을 새하얗고 새빨갛게 물들인 듯한 장관이 여기에서 펼쳐지고 있다.

　민수림에게서 발출된 수십 줄기의 금빛 빛살들은 공작이 화려한 날개와 꼬리를 펼치듯 무지개처럼 사방으로 찬란하게 뿜어져 나갔다.

第百十九章

태문주 동방장천의 출현

어찌 보면 굵은 원통형 일직선으로 무시무시하게 쏘아가는 금혈신강이 훨씬 더 강력해 보일지도 모른다.

민수림의 적멸광은 무섭거나 위력적이라기보다는 차라리 예술이란 표현이 어울릴 정도로 현란하게 아름다웠다.

금혈신강의 빠르기란 뭐라고 표현하기 어려울 정도다. 그런데 적멸광의 빠르기는 금혈신강보다 적어도 두 배 이상이었다.

양쪽과 고저 사방으로 뻗어 나갔던 수십 줄기의 금빛 빛살들은 다음 순간 전방의 한군데로 모여들었다.

고오오!

그러더니 금혈신강의 허리를 뭉텅 끊어버렸다.

장력이나 강기라는 것은 전개하는 사람이 계속 공력을 이어줘야 위력을 발휘하는 법이다.

그것들의 중간 허리를 잘라 버리면 그냥 허공에 흩어져 버리기 때문에 아무것도 아닌 것이 돼버린다.

하늘에 날린 연이 아무리 팽팽 잘 날아도 연줄을 끊어버리면 말짱 헛수고인 것과 같다.

금혈신강의 허리가 끊어지긴 했지만 자염빙은 연속해서 금혈신강을 뿜어내고 있는 중이다.

하지만 허리가 끊어진 탓에 최초에 지니고 있던 위력의 절반 정도에 불과했다.

자염빙으로서는 놀랄 겨를도 없다. 그녀가 금혈신강의 허리가 끊어진 사실을 미처 모르고 있을 때 결판이 났다.

꽈등!

십여 장 이내의 공간이 대폭발을 일으키는 듯한 짧고 강렬한 폭음이 터졌다.

"으악!"

자염빙은 애절한 비명을 터뜨리면서 허공으로 가랑잎처럼 훌훌 날아갔다.

그런데 이 순간 민수림은 움찔 낭패한 표정을 지었다.

적멸광을 발출하여 끊어버린 금혈신강의 앞부분이 계속해서 그녀를 향해 쏘아오고 있기 때문이다.

사실 조금 전에 그녀가 금혈신강의 허리를 끊은 것은 일종의 변칙수법이다.

금혈신강이 워낙 강력하기 때문에 정면으로 충돌하는 것을 피한 것이다.

아니, 피했다기보다는 자염빙을 제압하거나 죽이는 것이 우선 목적이었다.

그러고는 허리가 끊어진 금혈신강의 앞대가리를 호신강기로 방어한다는 생각이었다.

그런데 그게 민수림의 착각이었다. 적멸광에 전력을 쏟아붓다 보니까 호신강기를 만들어낼 여력이 없었다.

그렇다고 해서 적멸광을 발출한 직후에 공력을 회수할 겨를조차 없었다.

비록 허리가 끊어진 금혈신강이라고 해도 원래 위력의 절반 이상을 지니고 있다.

그것이 호신강기로 보호되지도 않은 상태인 민수림의 맨몸에 적중된다면 어찌 될 것인지 보지 않아도 뻔하다.

"……."

민수림의 얼굴에 암울한 표정이 떠올랐다.

그런데 바로 그 순간 민수림은 왼쪽에서 무언가 반짝이는 게 쏘아오는 것을 얼핏 발견했다.

'순정강…….'

은빛으로 반짝거리면서 쏘아오는 몇 개의 그것들은 순정강이 분명했다.

순정강은 모두 다섯 개이며 그것들은 쏘아오면서 하나로 합쳐져 뭉툭한 형체를 이루었다.

그러고는 민수림 전면 반 장까지 쇄도하고 있는 금혈신강의 앞머리를 후려쳤다.

퍼억!

금혈신강과 다섯 개의 순정강이 한 덩이가 되어 민수림에게서 멀어져 갔다.

민수림은 고마운 표정으로 진검룡을 바라보았다.

진검룡은 민수림을 바라보면서 빙그레 미소 지었다.

만약 적시에 진검룡이 순정강을 쏘아 보내지 않았다면 지금쯤 민수림은 죽었을 것이다.

부옥령은 민수림을 쳐다보다가 문득 진검룡이 민수림만이 아니라 자신도 살렸다는 사실을 깨달았다.

부옥령은 두 팔로 진검룡의 목을 안고 그의 뺨에 자신의 뺨을 비볐다.

"고마워요."

진검룡은 가타부타 말없이 그녀를 내려놓더니 자염빙이 쓰러져 있는 곳으로 쏘아갔다.

자염빙은 민수림의 적멸광에 적중된 곳으로부터 십여 장이나 날아가서 땅바닥에 쓰러져 있었다.

그녀는 얼굴과 가슴, 복부 몸의 앞부분 전부 피범벅이 된 채 사지를 벌리고 누워 있는데 몸을 바들바들 떨면서도 움직이지 않았다.

진검룡이 날아가면서 봤을 때 그녀는 이미 죽었거나 중상을 입고 혼절한 것 같았다.

적멸광을 정통으로 맞았으니 어쩌면 당연한 결과다.

그녀가 발출하고 있던 금혈신강이 웬만한 위력을 지니고 있었다면 적멸광의 위력을 약간이나마 감소시킬 수도 있었을지 모른다.

비록 자염빙의 공력이 민수림보다 훨씬 높지만 적멸광의 무서움을 피하지는 못했다.

더구나 민수림이 금혈신강의 허리를 싹뚝 잘라 버릴 줄은 전혀 예상하지 못했다.

진검룡의 뒤를 이어서 민수림과 부옥령도 자염빙을 향해 나란히 쏘아가고, 청랑과 은조, 옥소가 뒤따랐다.

지켜보고 있던 많은 사람들은 방금 전까지 벌어진 신들의 싸움에 넋을 잃어버렸다.

부옥령이 보여준 접간공리, 자염빙의 금혈신강, 그리고 민수림의 적멸광과 진검룡의 순정강 등은 여기에 있는 사람들이 평생에 단 한 번도 본 적이 없는 굉장한 절학들이었다.

무림의 일류고수 수준인 중인들이 봤을 때 방금 전까지 벌어진 광경은 말 그대로 '신들의 싸움'에 다름 아니었다.

그러나 누가 뭐래도 중인들 중에서 가장 놀란, 아니, 혼비백산한 사람은 적인결이다.

'아아… 금혈신강에 적멸광이라니……'

천하무불통지를 자처하는 적인결이지만 금혈신강과 적멸광은 한 번도 본적이 없었다.

아까 자염빙이 금혈신강을 전개했을 때 진검룡이 부옥령에게 '금혈신강!'이라고 외치는 것을 똑똑히 들었다.

설사 진검룡이 외치지 않았더라도 적인결은 금혈신강을 한눈에 알아봤을 것이다.

그것은 적멸광도 마찬가지다. 적인결은 저토록 금빛 찬란한 공작새 같은, 그리고 태양이 폭발하는 듯한 절학이 고금을 통틀어서 적멸광밖에 없다는 사실을 잘 알고 있다. 그러므로 알아보는 것은 어렵지 않았다.

그런데 문제가 있다. 적멸광을 쓴 사람이 누구냐는 사실이다.

적인결이 알고 있는 한 적멸광 혹은 파멸광이라고 부르는 무림칠금공 중에 하나인 저 절학을 전개할 수 있는 사람은 천하에 오로지 한 사람밖에 없다.

천군성주인 천상옥녀.

그 부분에서부터 적인결은 머릿속이 엉킨 실타래처럼 복잡해지기 시작했다.

진검룡이 자염빙의 삼 장까지 접근했을 때, 전면 높은 허공에서 느닷없이 쩌렁쩌렁한 외침이 터져 나왔다.

"물러나라!"

진검룡과 민수림, 부옥령 등은 움찔하며 급히 고개를 들어 위를 쳐다보았다.

새파란 창공 높은 곳에서 두 개의 인영이 빠른 속도로 하강하고 있는 모습이 보였다.

그러나 진검룡은 쏘아가는 것을 멈추지 않고 가일층 빠르게 쏘아가서 자염빙을 안는 즉시 두 발로 힘껏 땅을 박차면서 뒤로 물러나 날아갔다.

진검룡이 뒤로 물러나자 위에서 호통성이 터졌다.

"이놈!"

민수림과 부옥령은 진검룡 좌우에서 만일의 사태에 대비하여 경계하면서 공력을 끌어올렸다.

그리고 뒤따르던 청랑과 은조, 옥소가 비스듬히 상승하면서 허공에서 하강하는 두 인물에게 쏘아갔다.

진검룡과 민수림, 부옥령은 눈을 부릅뜨고 위를 쳐다보았다.

새로 출현한 두 인물이 누군지 모르지만 청랑과 은조, 옥소 세 여자를 어떻게 하지는 못할 터이다.

그녀들은 진검룡이 임독양맥을 소통하고 벌모세수와 환골탈태를 시켜준 덕분에 하나같이 공력이 무려 사백 년 수준을 상회한다.

그러므로 그들 세 여자의 합공은 진검룡과 민수림, 부옥령을 합친 것의 최소한 육 성 수준에 달하므로 새로 출현한 두 인물이 그녀들을 당해내는 일은 어불성설이다.

위에서 하강하는 두 인물이 세 여자를 향해 소매를 떨치며 일장을 발출했다.

스우우!

그것을 본 진검룡과 민수림, 부옥령의 얼굴에 경악지색이 떠올랐다.

'금혈신강!'

나타난 두 인물이 똑같이 금혈신강을 전개한 것이다.

진검룡은 위로 상승하면서 똑같이 일장을 뿜어내고 있는 세 여자에게 다급히 부르짖었다.

"안 돼! 피해라!"

그러나 늦었다.

스퍼퍼어억!

"아악!"

"으악!"

청랑, 은조, 옥소는 하나같이 가슴 한복판에 금빛과 핏빛의 금혈신강을 적중당하며 애끓는 비명을 터뜨렸다.

진검룡이 쳐다보자 쏘아 오르다가 멈칫하는 자세를 취하고 있는 세 여자의 등 뒤로 핏물이 확 뿜어지고 있었다.

몸이 관통당한 것이다.

"이익!"

진검룡이 두 인물에게 쏘아 오르려고 하자 민수림과 부옥령이 동시에 그의 팔을 붙잡았다.

"안 돼요."

민수림과 부옥령은 나타난 두 인물이 청랑과 은조, 옥소 세 여자를 물리쳤다는 사실을 간과하지 않았다.

그들이 금혈신강을 전개했더라도 상대는 공력이 사백 년을 상회하는 초절정고수들이다.

그런 그녀들을 일초식에 중상을 입혀서 날려 보냈다는 것은 경악할 일이다.

쿵! 쿠다닥……!

가랑잎처럼 훌훌 날아간 청랑과 은조, 옥소 세 여자가 진검룡 뒤쪽 지면에 묵직하게 추락했다.

진검룡이 힐끗 돌아보자 세 여자 모두 피투성이인데 은조는 움직임이 없고 청랑과 옥소는 처절하게 일그러진 얼굴로 사지를 뻗은 채 바들바들 떨고 있다.

그때 진검룡 등의 전면에 두 인물이 추호의 기척도 없이 내려섰다.

진검룡은 당장 그녀들에게 달려가고 싶지만 앞에 내려선 두 인물 앞에 민수림과 부옥령을 놔두고 갈 수는 없다.

진검룡은 핏발이 곤두선 눈으로 잡아먹을 듯이 앞의 두 인물을 쏘아보았다.

반면에 앞의 두 인물의 시선은 진검룡이 안고 있는 자염빙에게 고정되었다.

자염빙의 모습 역시 청랑들과 비슷한 피투성이라서 두 인물은 저절로 눈살을 찌푸렸다.

두 인물 중에 한 명이 다가들며 손을 내밀었다.

"그녀를 이리 다오."

그는 오십 대 초반의 나이에 키가 진검룡만큼 크고 어깨가 넓으며 큼직하게 생긴 용모인데 한눈에도 관운장을 연상하게 했다.

그 인물은 그냥 다가서고 손을 내미는 것 같지만 엄청난 무형의 잠력을 뿜어내고 있어서 진검룡은 자신도 모르게 한 걸음 뒤로 물러났다.

아니, 물러나려는 순간 무형의 잠력이 감소하여 균형을 잡고 똑바로 설 수 있었다.

무형의 잠력이 감소한 이유는 민수림과 부옥령이 마주 무형잠력을 뿜어냈기 때문이다.

그 덕분에 다가서던 인물은 더 다가서지 못하고 오히려 주춤 한 걸음 뒤로 물러서야만 했다.

관운장을 닮은 그 인물은 약간 뜻밖이라는 듯한 표정으로 진검룡 등을 쳐다보았다.

"너희들은 누구냐?"

그때 진검룡과 민수림 귀로 부옥령의 착 가라앉은 목소리의 전음이 들렸다.

[이자는 동방장천이에요.]

진검룡의 얼굴이 흠칫 굳었다가 다음 순간 두 눈에서 으스스한 살기가 뿜어졌다.

그러나 민수림은 부옥령의 전음을 듣기 전이나 후나 별다른 변화가 없다.

진검룡이 뭐라고 하기도 전에 부옥령이 싸늘한 표정에 흐릿한 미소를 지으며 말문을 열었다.

"우리가 누구라고 생각하나요?"

관운장 사내 동방장천은 미간을 찌푸리면서 한 차례 주위를 둘러보았다.

이런 다급한 상황인데도 동방장천은 추호도 서둘지 않았으며 그 모습은 어찌 보면 태연자약하다고도 할 수 있었다.

동방장천은 굵직한 저음으로 중얼거리듯이 말했다.

"영웅문의 오합지졸들이로군."

부옥령은 고개를 끄떡였다.

"맞았어요. 우리 영웅문의 오합지졸들이 당신의 사모 요천 여황을 이 지경으로 만들었지요."

진검룡은 여전히 자신의 팔을 잡고 있는 부옥령의 손을 슬그머니 잡고는 순정기를 주입하여 그녀의 내상을 치료했다.

그렇지 않아도 속이 답답하고 뒤틀린 내장 때문에 계속 핏물이 올라오던 부옥령은 순식간에 내상이 치료되고 심신이 더없이 상쾌해졌다.

또한 이런 상황에 진검룡이 자신의 손을 잡고 내상을 치료해 준 것에 대해서 눈물이 날 정도로 감격했다.

그를 처음 만나서 오늘에 이르기까지 수많은 우여곡절이

있었고 그와 여러 험난한 고비를 넘겼지만 누가 뭐래도 부옥령의 뇌리와 가슴에 뚜렷이 아로새겨진 것은 그에 대한 무한한 신뢰와 사랑이다.

*   *   *

진검룡은 동방장천을 노려보면서 한 자 한 자 또렷하게 입을 열었다.

"네가 동방장천이냐?"

평소라면 진검룡은 검황천문 태문주 동방장천을 예의 있게 대했을 것이다. 적이라고 해도 일문의 수장이며 연장자이기 때문이다.

하지만 지금은 그럴 상황이 아니고 그러고 싶은 마음이 추호도 없다.

진검룡 등이 남창의 방파와 문파 수장들과 함께 유쾌하게 술을 마시고 있는데 느닷없이 요천여황 자염빙이 들이닥쳐서 평지풍파를 일으켰다.

그런데 동방장천 등이 나타나자마자 불문곡직하고 청랑, 은조, 옥소를 저 지경으로 만들어놓았다.

진검룡으로서는 그것을 도저히 용서할 수가 없다. 동방장천을 원수처럼 대해도 모자랄 터인데 그에게 예절을 갖추는 것은 어불성설이다.

청랑과 은조, 옥소가 대관절 진검룡에게 어떤 사람들이라는 말인가.

지금은 그녀들의 복수를 해야 한다는 것 말고는 진검룡 머리에 아무것도 들어 있지 않았다.

진검룡이 대뜸 아랫사람을 대하듯이 하대를 하자 동방장천의 안색이 움찔 변했다.

강남무림의 절대자 남천 검황천문의 태문주이며 우내십절중의 일인 절대검황 동방장천이 바로 그다.

그에 대해서 설명을 하려면 쉽지 않고 몇 시진을 설명해도 모자랄 터이다.

동방장천은 가볍게 고개를 끄떡였다.

"그렇네. 노부가 동방장천일세."

동방장천이 대인일지 아닐지는 모르지만 배포가 큰 것만은 분명했다.

진검룡은 한쪽에 쓰러져 있는 청랑 등 세 여자를 가리키며 냉랭하게 물었다.

"저 여자들을 왜 저 지경으로 만들었느냐?"

동방장천은 별일 아니라는 듯 태연하게 대답했다.

"그녀들이 노부를 먼저 공격했네."

진검룡은 발끈해서 언성이 높아졌다.

"그녀들은 그저 너희를 막으려고 다가갔을 뿐이고 먼저 공격한 것은 너희 둘이지!"

동방장천이나 그 옆의 인물은 가만히 있었다. 하는 행동이 '그게 무에 중요하다고 소란을 떠느냐?'라고 말하는 듯했다.

동방장천은 태연히 고개를 끄떡였다.

"지금 생각해 보니까 자네 말이 맞는 것 같군. 그녀들이 쏘아오기에 공격하는 줄 알고 발출한 걸세."

진검룡은 화를 내지 않고 도리어 차분해졌다. 분노가 한계를 넘으니까 도리어 차분해진 것이다.

"조금 전까지 여기에 있는 우리는 대전 안에서 술을 마시고 있었다."

"그래서?"

진검룡은 옆구리에 끼고 있는 자염빙을 약간 들어 보이면서 말했다.

"그런데 여기 이 여자가 들이닥치더니 다짜고짜 싸움을 걸고 공격을 해왔다."

"음."

진검룡은 오만한 표정으로 턱을 치켜들었다.

"그런 상황에 너 같으면 이 여자를 죽이겠지?"

"……"

"단지 다가오는 세 여자를 아무 이유도 없이 죽일 정도의 너니까 다짜고짜 공격하는 여자는 당연히 죽일 테지? 그렇지 않느냐?"

"……"

동방장천은 말문이 막혔다. 그는 그제야 진검룡이 어째서 이런 얘기를 하는 것인지 알아차리고 흠칫했다.

그는 진검룡이 자염빙에게 무슨 짓을 하려는 것이라고 예
상한 것이다.

동방장천과 그 옆의 인물은 자염빙이 아직 살아 있다는 사
실을 그녀의 심장박동과 맥박으로 이미 감지했기에 불행 중
에 다행으로 여겼다.

그래서 어떻게든지 진검룡의 손에서 그녀를 건네받아 살리
려는 생각을 하고 있었다.

동방장천이 슬쩍 미간을 좁혔다.

"쓸데없는 짓 하지 말고 사모님을 이리 내라."

진검룡은 슬쩍 인상을 썼다.

"쓸데없는 짓이라고?"

진검룡은 솥뚜껑처럼 커다란 손으로 자염빙의 자그마한 머
리를 덮으며 흐릿하게 미소 지었다.

"네가 죽인 내 수하들을 살려내면 고려해 보겠다."

"너······."

동방장천과 또 한 명의 인물은 자염빙의 머리를 덮고 있는
진검룡의 손을 뚫어지게 주시했다.

"내 수하들을 살려내라."

"그런 억지가······."

동방장천이 얼굴을 찌푸리자 진검룡은 차갑게 미소 지었다.

"억지라고?"

진검룡은 손에 약간의 힘을 주었다.

뻐걱!

그의 손안에서 자염빙의 머리가 잘 익은 수박 터지듯이 산산조각 나면서 피와 뇌수가 확 퍼졌다.

"멈춰라!"

"이놈!"

동방장천과 또 한 명의 인물이 벼락같이 고함을 질렀으나 자염빙 어깨 위의 머리는 이미 사라지고 없다.

진검룡은 냉랭하게 웃으면서 자염빙의 머리 없는 몸뚱이를 땅바닥에 내던졌다.

쿵!

"이 여자의 죽음 때문에 부디 너희들 마음이 우리처럼 아프기를 바란다."

그때 부옥령이 진검룡과 민수림에게 가라앉은 목소리로 전음을 보냈다.

[두 분께선 합공으로 오른쪽 금혈마황을 상대하세요. 두 분의 합공이면 충분할 거예요.]

"……!"

'금혈마황'이라는 말에 민수림은 변함없이 아무렇지도 않은 얼굴이지만 진검룡은 내심 적잖이 놀라며 동방장천 옆의 인물을 쳐다보았다.

그 인물은 사십 대 초반의 나이에 키가 크고 마른 체구, 가느다란 눈에 얄팍한 입술을 지녔는데 지그시 진검룡을 주시하고 있었다.

부옥령은 그가 금혈마황이라고 했다. 그런데 진검룡이 보기에는 전혀 금혈마황처럼 보이지 않았다.

하긴 외모가 별호에 딱 들어맞게 생긴 인물이 도대체 몇 명이나 되겠는가.

무림 경험이 풍부한 부옥령이 금혈마황이라고 하면 그자가 바로 금혈마황인 것이다.

진검룡 앞에 있는 두 인물이 동방장천과 금혈마황이라면 이미 엎질러진 물이다.

금혈마황에겐 아내이며 동방장천에겐 사모인 자염빙의 머리를 진검룡이 박살을 내서 죽였으니 일은 터진 것이고 돌이킬 수 없게 되었다.

그렇지만 진검룡은 터럭만큼도 후회하지 않았다. 또다시 조금 전 상황으로 돌아간다고 해도 추호의 망설임 없이 자염빙을 죽일 것이다.

그렇게 하는 것이 죽은 청랑과 은조, 옥소의 복수를 조금이라도 하는 길이기 때문이다.

동방장천과 금혈마황이 어째서 이곳에 같이 나타났는지 모르겠지만 지금은 어찌 됐든 이 난관을 넘어야만 한다.

동방장천은 조금 전에 진검룡에게 다가서다가 무형의 벽에 부딪힌 것처럼 밀려난 경험이 있기에 함부로 발작하지 않고 신중을 기했다.

그런데 동방장천이 행동을 취하기 전에 금혈마황이 느닷없이 진검룡을 향해 불쑥 손을 뻗었다.

스읏—

그는 제자리에 서 있는 상태에서 손을 내밀었는데 흐릿한 대여섯 개의 손 즉, 장영(掌影)이 빛처럼 빠르게 진검룡에게 쏘아왔다.

급습에 대비하고 있던 진검룡은 자신의 온몸을 향해 쏘아오는 장영들을 피하지 않고 오히려 곧장 금혈마황를 덮쳐가며 오른손 주먹을 내밀었다.

구우웅!

그가 주먹을 내밀자 지축과 허공이 동시에 떨어 울리며 대라벽산 칠초식 발탄기공이 뿜어졌다.

그와 동시에 민수림이 금혈마황의 측면으로 몸을 날리면서 적멸광을 발출했다.

스파앗!

금혈마황은 가볍게 흠칫했다. 진검룡의 일장이 예상보다 강력한 것도 그렇지만 전혀 예상치도 않게 민수림이 적멸광을 발출했기 때문이다.

금혈신강이 무림칠금공이라면 적멸광 또한 그렇다.

누가 딱히 정한 것은 아니지만 무림칠금공은 자기들끼리도 강약의 서열이 있는데 적멸광이 금혈신강보다 우위에 있다.

적멸광과 금혈신강이 서로 격돌한 적은 없었으나 여러 정황으로 봤을 때 적멸광이 한 수 위라는 것이다.

아까 민수림이 자염빙에게 적멸광을 발출했을 때에는 금광 수십 줄기가 좌우로 포물선을 그으면서 폭발하듯이 뿜어졌으나 지금은 양상이 전혀 다르다.

네 개의 금빛 줄기가 금혈마황을 향해 쏘아가는데 하나는 그의 머리를 향하고 있지만 다른 세 줄기는 그의 몸이 아니라 좌우와 머리 위를 향해 쏘아가고 있다.

한 줄기는 금혈마황의 머리를 관통하여 죽이는 것이 목적이고 세 줄기는 그가 피할 수 있는 방위를 차단하는 것이다.

금혈마황은 이미 진검룡에게 공격을 가하고 있는 상황이고 진검룡도 그에게 반격을 하고 있다.

그런 상황에 민수림이 금혈마황을 측면에서 협공을 하고 있는 것이다.

금혈마황은 감히 방심할 수 없어 한 손으로는 그대로 진검룡을 상대하고, 다른 손을 즉시 민수림에게 뻗어 금혈신강을 발출했다.

키우웅!

금혈마황의 공력이 어느 정도인지 모르지만 진검룡과 민수림의 공력을 합친 것보다 고강하지는 않을 것이다.

진검룡은 한 손으로는 금혈마황을 상대하면서 다른 손으로 금혈마황이 발출한 금혈신강을 향해 순정강을 발출했다.

진검룡은 작년까지만 해도 열여덟 개의 순정강을 발출하는 것이 한계였는데 임독양맥이 소통되고 벌모세수와 환골탈태를 한 이후에는 마음먹은 대로 한정 없이 순정강을 뽑아낼 수가 있게 되었다.

그는 방금 열 개의 순정강을 뿜어내서 금혈마황이 발출한 금혈신강의 측면을 공격했다.

사실 진검룡은 금혈마황보다 간발의 차이로 더 빨리 순정강을 발출했다.

금혈마황이 금혈신강을 발출한 후에 순정강을 발출하면 늦을 것 같기 때문이다.

민수림이 금혈마황을 측면에서 공격할 것이라는 사실을 미리 예상했기에 가능한 일이다.

금혈신강은 어떤 무공이라도 뚫고 들어가는 것으로 알고 있다. 그것은 민수림의 적멸강이라고 해도 당연할 것이라는 게 진검룡의 생각이다.

민수림은 그녀 나름대로 방법이 있었으나 진검룡이 순정강을 발출해 준 것이 훨씬 더 좋다.

은빛의 반짝이는 순정강들이 눈부시게 금혈신강의 측면으로 쇄도하는 것을 본 금혈마황의 안색이 변하더니 그 순간 그 자리에서 사라졌다.

사라진 그는 다음 순간 이 장쯤 뒤에 나타났다. 상체를 뒤로 눕히면서 찰나지간에 물러난 것인데 워낙 빨라서 원래부터 저 자리에 있었던 것 같은 착각이 들었다.

제아무리 금혈마황이라고 해도 금혈신강이 민수림을 적중

시키지 못하는 데다 도리어 적멸광이 자신의 맨몸에 적중된다면 죽을 수밖에 없으므로 피하는 것이 상책이다.

그가 뒤로 물러나야만 하는 이유는 민수림의 적멸광이 정면과 좌우, 머리 위 도합 네 군데로 쏘아오기 때문이다.

금혈마황은 뒤로 이 장 물러나자마자 다시 덮쳐가면서 재차 공격을 하려 했으나 뜻을 이루지 못했다.

그가 누운 자세를 일으키기도 전에 진검룡과 민수림이 쏘아오면서 공격하고 있기 때문이다.

진검룡은 순정강검을 만들어서 그어 내리며 순정강기를 폭발적으로 뿜어냈다.

쿠우웅!

민수림은 진검룡이 공격하는 곳 이외의 방위에 역시 다섯 개의 적멸광을 뿜어냈다. 금혈마황이 피하지 못하게 하려는 작전이다.

그렇지만 진검룡과 민수림은 지나치게 안이했다. 어째서 금혈마황이 피할 것이라고만 예상했는지 모를 일이다.

어쩌면 자신들 두 사람이 합공을 하면 무조건 이길 거라는 확신이 그들을 조금쯤 무모하게 만든 것 같았다.

금혈마황은 상체를 일으키면서 곧장 진검룡에게 마주 쏘아가며 손을 털듯이 손목을 흔들었다.

키우웅!

예의 금광과 혈광의 금혈신강이 빛의 속도로 진검룡을 향해 무시무시하게 뿜어졌다.

그런데 조금 전 민수림을 향해 발출됐던 금혈신강보다 훨씬 강력하게 보였다.

금혈마황은 진검룡에게 덮쳐가는 단순한 동작만으로 민수림의 적멸광을 피하고 동시에 진검룡을 공격하는 두 가지 이득을 얻었다.

*   *   *

꽈등!

진검룡이 발출한 순정강기와 금혈신강이 정통으로 충돌하며 허공이 격렬하게 진동했다.

순정강검이 발출한 순정기의 은빛과 금혈신강의 금빛이 충돌하자 폭죽을 터뜨린 것처럼 아름답기까지 한 불꽃들이 번뜩거리며 퍼졌다.

그 순간 그것들의 한복판으로 핏빛 혈광 한 줄기가 거침없이 쏘아갔다.

다시 말하지만 금혈신강의 금광은 상대의 공격과 충돌하고 그사이에 혈광이 상대를 적중시킨다.

이 비전의 가공한 수법은 한 번도 어긋난 적 없이 상대를 죽여왔다.

"……!"

진검룡은 핏빛 혈광이 자신의 목전 두 자 거리에 쇄도하자 눈을 부릅뜨고 그것을 쏘아보았다.

그는 민수림이 합공하면 금혈마황과의 싸움이 해볼 만하다고 확신했기에 자신이 이런 상황에 처할 것이라고는 전혀 예상하지 않았다.

그의 가슴 한가운데로 쏘아오는 혈광을 쏘아보는 그의 두 눈에 핏빛 혈광이 생생하게 비춰졌다.

'이런 젠장!'

이제 곧 혈광이 그의 가슴에 적중될 텐데도 그로서는 속수무책 아무것도 할 게 없다는 사실이 죽음의 공포보다 더 치욕스러웠다.

스우우…….

그런데 바로 그 순간 진검룡은 자신의 몸에서 무언가 흘러나가는 듯한 느낌이 들었다.

외부에서의 불의의 공격을 받으면 그의 몸에서 순정기가 저절로 뿜어질 때의 느낌이 바로 그것이다.

퍼퍽!

그의 몸에서 발출된 순정기는 두 줄기이며 하나는 금혈신강의 혈광을 막고 또 하나는 금혈마황을 공격했다.

그런데 그의 몸이 위험을 직감하고 저절로 발출시키는 순정기라서 그런지 둘 다 미진하여 기대에 못 미쳤다.

진검룡에게 쇄도하는 혈광을 제대로 쳐내지 못했으며 금혈마황을 공격한 순정기는 그가 고개를 가볍게 흔드는 동작만으로 귓전을 스쳐 지나가 버렸다.

퍽!

"윽……!"

혈광이 진검룡의 왼쪽 어깨에 적중되면서 관통되어 피가 어깨 앞뒤로 확 뿜어졌다.

금혈마황은 고개를 흔들어서 순정기를 피하는 것과 동시에 손을 뻗어 민수림이 발출한 적멸광에 대응했다.

방금 전에 금혈마황이 진검룡을 공격하자 민수림이 즉각 적멸광을 발출했었다.

그러자 금혈마황은 매우 능숙하게 고개를 젖혀 진검룡의 순정기를 피하면서 적멸광에 반격한 것이다.

왼쪽 어깨를 관통당한 진검룡은 민수림을 도와줄 수 없었다.

퍼억!

적멸광과 금혈신강이 정면으로 충돌했다.

바로 그 순간 민수림의 왼손이 나풀거리며 금혈마황을 향해 뻗어졌다. 조금 전에 실행하려고 했던 그녀의 수법이 바로 이것이다.

오른손으로는 적멸광을 발출하고 왼손으로 또 다른 공격을 가해서 금혈마황의 공격을 멈추게 하는 방법이다.

후웅!

더구나 민수림이 찰나지간에 공간을 이동하는 접간공리를

동시에 전개하자 금혈신강은 허공을 치며 쏘아가고 반면에 그 녀는 어느새 금혈마황의 왼쪽으로 돌아가면서 그의 목을 향해 손을 뻗었다.

그녀의 왼손이 허공을 격하게 낚아채고 움켜쥐는 동작을 취하는 것은 무형지기로 금혈마황의 목을 꺾으려는 것이다.

그러나 금혈마황은 피하지 않고 곧장 민수림을 향해 쏘아오면서 쌍장을 뻗었다.

키유웅!

놀랍게도 그의 쌍장에서 각각 금혈신강이 발출됐다.

지금까지 금혈마황이든 자염빙이나 태공자 현도성 어느 누구라도 금혈신강을 한 줄기만 발출할 수 있었다.

그런데 금혈마황이 지금 금혈신강을 한 번에 두 줄기나 발출하고 있는 것이다.

더구나 금혈마황의 쌍장은 각각 민수림과 진검룡을 향하고 있었다.

진검룡은 왼쪽 어깨를 관통당해서 피를 철철 흘리며 크게 비틀거리고 있기에 쏘아오는 금혈신강에 대처할 여력이 없는 것 같았다.

진검룡은 비틀거리면서 뒤로 물러나다가 자신을 향해 쇄도하는 금혈신강을 발견하고 흠칫 놀랐다.

민수림은 자신에게 쏘아오는 금혈신강을 무시하고 진검룡을 구하기 위해 손을 뻗었다.

진검룡은 어금니를 악물었다.

스으우…….

그의 의지에 따라서 몸이 둥실 위로 떠오르는가 싶더니 비스듬한 자세로 금혈마황 머리 위로 날아갔다.

무영능공표의 신법인 무영표가 전개된 것이다. 무영표는 보법이고 능공표는 하늘을 날아가는 경공인데, 진검룡은 지상에서의 보법을 허공에서 응용하고 있는 것이다.

민수림 귀에 진검룡의 외침이 전음으로 들렸다.

[내 걱정 말고 수림이나 잘해요!]

그가 그렇게 말한다고 해서 그를 걱정하지 않을 민수림이 아니다.

그렇지만 진검룡이 위험에서 벗어나 오히려 금혈마황을 공격하자 한시름 놓을 수가 있었다.

허공에서 금혈마황에게 덮쳐가는 진검룡 왼쪽 어깨에서 소나기처럼 피가 쏟아졌다.

그는 피를 뿌리며 허공중에서 금혈마황에게 두 주먹을 기쾌하게 휘둘렀다.

구우웃!

그 순간 진검룡의 두 주먹에서 은빛 광채가 눈부시게 뿜어져 금혈마황에게 쏟아졌다.

처음에는 단지 두 줄기 광채였던 것이 그 짧은 거리를 쏘아가는 동안 수십 개로 변하여 금혈마황의 온몸 급소를 향해 내리꽂혔다.

민수림이 가르쳐 준 권법으로, 나중에 북두권법이라는 이름이 붙여졌었다.

쩌쩌쩌쩌쩡!

그러나 수십 개의 은빛 주먹들은 금혈마황의 두 뼘 거리에서 모조리 퉁겨졌다.

원래 있었던 것인지 아니면 급히 만든 것인지 금혈마황의 몸을 호신강기가 감싸고 있어서 진검룡의 북두권법이 전혀 뚫지 못했다.

그렇지만 진검룡은 허공에서 빙글빙글 회전하며 금혈마황에게 집중적으로 북두권법을 전개했다.

호신강기에 둘러싸인 금혈마황은 이번에는 아예 진검룡을 신경 쓰지 않고 민수림에게 덮쳐가며 쌍장으로 금혈신강을 발출했다.

콰우웅!

이번에도 역시 두 줄기 금혈신강이다. 그런데 한 줄기는 허공에 떠 있는 진검룡에게, 또 한 줄기는 방금 적멸광을 뿜어낸 민수림에게 쏘아갔다.

그즈음에 부옥령은 동방장천과 치열하게 싸우고 있는데 우열을 가리기 어려울 정도로 백중지세다.

눈이 날카로운 사람이 자세히 본다면 동방장천이 반의반수 정도 우세하다는 사실을 알아차릴 정도다.

하지만 반의반 수 우위는 한순간의 미세한 실수로도 충분히 뒤집힐 수가 있으므로 아무것도 아니다.

금혈마황은 진검룡과 민수림을 상대로 시종 여유 있게 싸우고 있으니 그가 이들 중에 가장 고강하다고 할 수 있다.

진검룡은 허공에 떠 있는 짧은 시간 동안 금혈마황에게 북두신권과 대라벽산을 소나기처럼 퍼부었으나 그의 호신강기를 뚫지 못했다.

그 순간 금혈신강이 쏘아오자 진검룡은 크게 당황하는 중에 어떤 생각이 퍼뜩 뇌리를 스쳤다.

금혈마황이 쌍장을 전개하는 것처럼 자신도 양손을 다 사용하자는 것이다.

바로 그때 훈용강과 풍건, 현수란, 태동화, 손록, 동방해룡, 동방도혜 등이 허공을 격하여 날아왔다.

그들은 하나같이 공력이 삼백오십 년 이상이고 몇 명은 사백 년이 넘으므로 합공을 한다면 동방장천이나 금혈마황을 충분히 괴롭힐 수가 있을 것이다.

진검룡은 자신에게 쏘아오는 금혈신강을 무시한 채 왼손으로는 순정강 다섯 개를 발출하고 동시에 오른손으로는 순정강검을 만들어서 비뢰적하검 사초식 뢰하검을 전개하여 금혈마황의 목을 베어갔다.

구와아앗!

진검룡의 계획은 다섯 개의 순정강으로 쇄도하는 금혈신강을 쳐내서 위험을 없애는 동시에 순정강검으로 금혈마황을 공격하는 것이다.

민수림은 방금 전에 금혈마황이 쌍장으로 두 개의 금혈신강을 발출하는 것을 보고 영감을 얻었다.

금혈마황이 하는 거라면 민수림이라고 못 할 게 없다. 그녀역시 쌍장을 뻗어 두 줄기 적멸광을 발출했다.

기우웅!

왼손의 적멸광으로 쏘아오는 금혈신강의 허리를 끊고 동시에 오른손의 적멸광으로 금혈마황을 공격하는 것이다.

상대가 웬만한 초극고수라면 한 손으로 발출한 적멸광으로 북 치고 장구 치고 즉, 금혈신강을 막으면서 공격까지 할 수 있지만 상대는 우내십절보다 고강한 금혈마황이다. 두 손 적멸광으로도 상대할 수 있을지 확신이 없다.

어쨌든 진검룡과 민수림 둘 다 방어와 공격을 겸비하고 있으므로 금혈마황으로선 불리한 상황이다.

꽈드등!

쩌꺼껑!

금혈마황의 쌍장 두 줄기 금혈신강과 진검룡의 다섯 개의 순정강, 순정강검, 민수림의 두 줄기 적멸광이 한데 충돌하면서 우레 소리를 터뜨렸다.

진검룡이 발출한 다섯 개의 순정강은 그에게 쇄도하는 금혈신강의 방향을 약간 틀기는 했으나 그의 한쪽 옆구리를 훑고 지나갔다.

그와 동시에 진검룡의 순정강검이 뿜어내는 뢰하검이 금혈마황의 목을 그어 호신강기를 뒤흔들어 놓았다.

바로 그 순간에 민수림이 발출한 적멸광이 금혈마황의 호신강기를 완전히 박살 냈다.

"으윽……!"

금혈마황은 둔탁한 충격을 받으며 허공으로 쏜살같이 날아가며 피를 뿌렸다. 그러나 호신강기가 깨지면서 그 충격으로 옷과 살갖이 찢어졌을 뿐이지 큰 부상은 아니다.

쿵!

"크윽……."

진검룡은 지면에 떨어지며 고통스러운 신음을 터뜨렸다.

그는 몸의 왼쪽 어깨와 왼쪽 옆구리가 거의 뜯겨 나간 것처럼 심한 중상을 입었다.

"검룡!"

민수림은 비명을 지르면서 진검룡에게 달려왔다.

진검룡은 저만치 날아가고 있는 금혈마황을 가리키며 다급하게 외쳤다.

"저놈을 죽여요……! 어서!"

민수림은 금혈마황은 쳐다보지도 않고 진검룡을 끌어안으며 흐느꼈다.

"지금 그게 문제예요?"

"수림……."

진검룡은 민수림의 행동에 감격할 겨를이 없다. 금혈마황을 죽일 수 있는 절호의 기회를 놓쳤기 때문이다.

그때 훈용강 등이 금혈마황을 향해 떼 지어 날아가는 걸 보고 진검룡이 급히 외쳤다.

"령아를 도와라!"

그러자 무리 중에서 두 명이 부옥령을 도우려 허공에서 방향을 틀어 날아갔다.

동방장천은 부옥령과 싸우면서 조금씩 승기를 잡아가자 흐릿한 미소를 지으며 말했다.

"나는 이제야 그대가 누군지 알 것 같군."

부옥령은 목과 이마에 핏대를 세운 채 전력으로 양손을 휘두르며 차갑게 웃었다.

"내가 누군지 알고 나니까 겁이 나는 게로군."

"하하하! 무서워 죽을 지경이오!"

예전에 두 사람은 세 번 정도 만난 적이 있었으며 그중에 두 번은 싸웠다.

"흑봉께선 그동안 기연이 있었던 모양이구려."

동방장천은 예전 두 번 싸웠을 때 부옥령을 죽이지 않고 갖고 놀았었다.

만약 부옥령의 뛰어난 미모가 없었다면 호색한인 동방장천은 그녀를 살려두지 않았을 것이다.

또한 그 자리는 공식적인 모임이었던 터라서 서로 죽고 죽이는 살벌한 분위기가 아니었다.

두 번 다 까칠한 성격의 부옥령이 동방장천에게 대들다가 싸움이 벌어졌었다.

사실 동방장천은 부옥령이 예전에 비해서 두 배 가까이 고강해져서 속으로 많이 놀라고 있다.

동방장천 자신은 그동안 쉴 틈 없이 무공을 연마하고 폐관 수련까지 했었기에 이전보다 절반 이상 고강해졌다고 믿었는데 부옥령이 자신과 백중지세를 이루는 걸 보고 놀라지 않을 수가 없다.

바로 그때 허공에서 두 명이 내리꽂히면서 동방장천에게 위맹한 검법을 쏟아냈다.

동방장천은 그들을 보다가 어이없는 표정을 지었다.

그들은 다름 아닌 동방해룡과 동방도혜, 자신의 아들과 딸이었기 때문이다.

『붕정대연가(鵬程大戀歌)』12권에 계속…